O –

O —

editora Urutau

rua do cajú, 478,
jardim das cerejeiras
06724-015
cotia-sp (brasil)

avenida peirao besada, 6 – 2D
36163 poio-pontevedra

[+34] 644 951 354 [espanha]
[+55] 11 9 4859 2 426 [brasil]

www.editoraurutau.com.br
contato@editoraurutau.com.br

[EDIÇÃO]
debora ribeiro rendelli , tiago fabris rendelli & wladimir vaz
[REVISÃO]
debora ribeiro rendelli
[DIAGRAMAÇÃO E CAPA]
wladimir vaz
[FOTOGRAFIA]
laura roque
[ISBN]
978-65-5900-182-8

A LISTA DA MERCEARIA

judite canha fernandes

[primeira edição]
URUTAU
2021

Para as minhas irmãs de sangue, Catarina e Lídia. Para as minhas outras irmãs, plenas, amadas. Para a Laura, sempre.

Tudo já passou e minha vida não passa de um ontem não resolvido.
Caio Fernando Abreu

As pessoas

Alice, a heroína;

Francisco, que não mais voltou;

Francesco, que era distraído;

Chico, que jogava basquetebol;

Fran, que tinha voltado do Tibete;

Frank, que não gostava de intelectuais;

Franz, que beijava mal;

Francis, que era uma alegria;

Frasco, que não conhecia feministas;

Franco, que tinha uma mercearia;

Fr., o universitário da queima;

F., um poeta escuro;

A avó, a mãe, a tia e as primas, que lhe diziam muitas coisas;

Mariana, a companheira de casa;

Sabrina, uma amiga sábia;

G., uma mulher interrompida;

Uma escritora obcecada pelo itálico.

A lenda da meia laranja, cuja origem remonta ao mito amoroso de Aristófanes, diz que os seres humanos eram, num passado distante, seres com quatro braços e quatro pernas, o que lhes permitia um movimento circular muito rápido. Um dia, Zeus, irado pela sua rebeldia, dividiu-os em duas partes, cada uma com dois braços e duas pernas. Desde então, cada humano está condenado a procurar pela eternidade, desesperado, a metade que lhe falta, a sua alma gémea. Tretas.

*

Visto a cem metros, parece um morango gigantesco de plástico, mas não é. É apenas o meu coração, três quilos de massa muscular palpitante, e estava em muito mau estado naquele dia. Músculos, artérias, válvulas, cavidades, impulsos. Seguia pela rua arrastando-o atrás de mim, como faço normalmente. Era dia dezassete de março e podia sentir a aproximação da primavera. Uma pequena multidão caminhava a meu lado. Pessoas, abelhinhas, afadigadas nos seus murmúrios entre os carros e as árvores. A vida corria tranquilamente, todos os rios seguiam em direção ao mar, exceto o meu coração. Meia hora antes, segundos antes de sair do trabalho, tinha aumentado subitamente de tamanho — mais cinco centímetros de diâmetro — e desatado a bater em frenesi. Tinha enlouquecido.

Para meu desespero, tinha um encontro dali a umas horas e não podia levá-lo daquele tamanho, nem a bater daquela maneira. Afinal, os homens, diz-se em centenas de revistas (correção) as mulheres, diz-se em milhões de revistas, erram frequentemente quando querem conquistar um homem, porque "partilham o que sentem demasiado cedo", ou porque "sentem demais". Não queria errar, mas a minha loucura primaveril era evidente e incontornável. Aquela dimensão e taquicardia eram a tempestade perfeita entre "demasiado cedo" e "sentir demais".

Pum pum. Pum pum.

Claro que podemos refletir um pouco sobre o uso de expressões como "conquista", "demasiado cedo", ou até "demais". Parece-me que importa sempre refletir sobre as palavras, escavá-las, se necessário. Por exemplo: Por que o verbo conquistar? Por que a associação entre amor e conquistas? O sentimento torna-se perigosamente semelhante a cruzadas e gentis ocupações análogas. Imagina-se logo uma horda de cristãos ululantes, de armas na mão, a levar o amor de deus às virgens que violam em cada paragem. É, no mínimo, pouco inspirador. Afinal, a que horas bate um coração? O coração é um órgão com sentido temporal e espacial? Os sentimentos são quantidade ou qualidade? Quando se diz "demais" compara-se com o quê? Com o volume de sentimentos existentes num prato de sopa? Numa mosca? Na totalidade do universo?

Pode também pensar-se que um coração deste tamanho é coisa pouco prática e pesada. De facto, às vezes, não tenho onde o pôr ou como o transportar. Já pensei em fazer obras no apartamento e criar um compartimento no quarto, próximo da cama, uma caixa de madeira com uma abertura ao lado esquerdo fixa na parede, onde o colocaria antes de adormecer. Acabei por não o fazer, era demasiado caro. O meu coração é um órgão caríssimo. Mudo a forma de o transportar consoante às necessidades. Ponho-o ao colo quando estou sentada, numa mochila nas costas durante parte da adolescência (enquanto o tamanho o permitiu) e sobre a cabeça quando estou a nadar. Desde há alguns anos, arrasto-o atrás de mim. Uma empresa japonesa desenhou uma solução à medida do meu caso. Consiste num cabo sintético maleável, revestido internamente por células umbilicais expansíveis e por um sistema de circulação protegida dos vasos, ligado a um invólucro de borracha natural transparente, assentes sobre uma base de plástico forte e leve. Foram necessários três longos ensaios até o saco ter a resistência suficiente para poder andar, horas se necessário, com ele a arrastar pelo chão, e quando ficou pronto mudou a minha vida.

— Boa tarde, menina Alice.

— Boa tarde, senhor Gualter.

O varredor aproveitou para parar uns segundos, apoiado na vassoura.

— Isso hoje bate que se farta, não? — disse, apontando para o saco.

O mel das abelhinhas faz-se a horas certas, todas as colmeias são afinadas pelos ponteiros do trabalho. A avenida por onde caminhava tinha o ritmo de um bairro e quase ninguém estranha quando eu passo, muitas pessoas até me cumprimentam. Já me conhecem o músculo. Algumas dizem até conhecê-lo melhor do que eu própria.

Todas as pessoas andam aos círculos pelo mundo.

Reparei num homem que começava a lavar os estores da loja com um aspirador a jato, mesmo por cima de nós, e aproveitei para despedir-me do senhor Gualter e escapar-me à pergunta. Foi quando me lembrei de uma possibilidade aterradora sobre o encontro. Ele podia prender-me pelo coração. Digo-o literalmente. Comprimi ligeiramente a aorta, tentando refrear os batimentos. Tinha ouvido falar desse gancho especial, produzido pela mesma empresa que me forneceu o saco e concebido para pessoas como eu, especialmente crianças, não perderem o coração pela rua. Em qualquer situação de perigo, a família podia intervir rapidamente e puxá-lo para junto de si.

As coisas que prendem são sempre inventadas sob o bondoso signo da segurança.

O gancho é maleável, transparente, pesa menos de cem gramas e é totalmente asséptico.

Em breve, o mundo será completamente asséptico, graças a deus e ao capitalismo.

Parei à procura da pulsação e aproximei-me de uma montra para ver se era visível a palpitação da carótida no pescoço. Porque estava ele a bater daquela maneira?

Uma mulher, no interior da loja, olhava para um expositor de roupa com os olhos paralisados. Parecia emergir dela uma melancolia infinita, e observá-la fez-me voltar à realidade.

— Que ideia ridícula! Por que razão faria ele tal coisa ou teria um gancho desses?

O facto é que o pensamento perturbou-me ainda mais, várias imagens dispararam em *flashes* consecutivos que não estava certa se eram memórias e senti a rua começar lentamente a rodar. Encostei-me a um sinal de trânsito, olhei o rio, fingi que era o oceano, como sempre faço quando preciso acalmar, esfreguei os olhos, ajeitei o coração entre as pernas, apertei-as um pouco para tentar travá-lo e levantei a cabeça. Tinha de enfrentar a situação. Mas enfrentar o quê? Naquele dia de março, o coração batia-me descompassado e, tendo apenas mais cinco centímetros do que o costume, parecia-me grande demais. Facto.

— Pensa — repeti.

Outra vez:

— Deve haver forma de perceber de onde é que isto vem...

Insisti:

— Deve haver alguma raiz deste comportamento extraordinário, algo capaz de explicar esta aceleração.

Não considerei a possibilidade de ser algo relacionado com a cardiomegalia[1], porque isso não estava seguramente relacionado com a minha impotência em controlar o batimento cardíaco naquele dia em específico, sequer com aquele crescimento repentino. Não queria tapar a chuva com as nuvens. Era apenas um coração com tamanho acima do normal que tinha inesperadamente

[1] A cardiomegalia é muitas vezes designada doença do coração grande. Estudos internacionais recentes indicam cerca de duzentas mil pessoas, de todas as regiões do mundo, com corações maiores do que o habitual. A cardiomegalia não tem cura e o primeiro tratamento para a doença é aliviar os sintomas e fazer com que o coração trabalhe normalmente, mesmo que não seja do tamanho ideal.

acelerado e ficado ainda maior. Conseguia ver-me, mãos no ar, a tentar segurar o céu com a razão, à procura de uma causa concreta para tamanha turbulência — talvez algum risco à minha existência que não estava a discernir, isso sim. Se há maremoto, tem de existir epicentro. Facto.

O mundo nunca está em nós, está sempre noutro lugar capaz de explicar racionalmente todos os imponderáveis.

(Já devem ter reparado nestas interrupções em itálico. Por favor, não liguem, é apenas a escritora a interromper. Quer impedir-me de contar esta história a meu modo, mas não vai conseguir.)

Ainda tinha tempo suficiente para passar por casa e tomar um duche. Afastei o cabelo da cara e voltei a andar. Apesar do sol, estava um vento forte que fazia de cada passo uma luta e começava a sentir alguma falta de ar. Um dos cortes que tive de fazer, quando o salário começou a não dar para tudo, foi prescindir do carro, e esse foi o único golpe da crise que acabei por sentir como positivo. Voltar a pé do trabalho tornou-se uma passagem entre as mil coisas que me invadiam o dia e a minha casa morna, mesmo sendo um esforço grande. Vislumbrava entre aqueles plátanos, cerejeiras e álamos, uma transição. Atravessar aquela avenida diariamente era a rota para lugares mais mansos, onde convivia com sentimentos menos agudos, algo móvel que empurrava os túneis para a luz ao fundo. Naquele dia, tinham sido mais demolições e expulsões, numa das casas um menino de ano e meio. Mas a verdade, que é o que aqui interessa, é que mal o coração enlouqueceu, esqueci o trabalho.

O ar no rosto relativiza o mundo.

Tentei lembrar-me se algo semelhante já sucedera antes.

O ar no rosto relativiza o mundo. O ar no rosto relativiza o mundo. Repete comigo. O ar no rosto relativiza o mundo.

Estava a chegar à minha pausa preferida da rua, o bairro do amor, como gosto de chamar-lhe. As minhas caminhadas são feitas de pausas, preciso parar de quando em quando para respirar. Arrastar um coração atrás produz ruído, além de cansaço, e só existe silêncio quando estou quieta. Sentei-me nas escadas para apreciar a parede que ladeava a entrada do bairro: "Nuno love Cláudia", "Ana ama a Maria", "Amor sou teu", centenas de frases escritas a caneta sobre a tinta amarela que se desfazia. Entre elas, a minha preferida, "Maninha, o mano te adora". Faz-me sempre sorrir. Ali somam-se corações de todos os tamanhos, um por declaração de amor. Irmãos, irmãs.

Corações.

O coração funciona como uma espécie de bomba, impulsionando sangue por todo o corpo, mas raras vezes explode. Quando explode, às vezes segundos antes da morte, é sempre de prazer.

Do descampado ao lado subiu um aroma a flores silvestres e erva seca. Voltei a fechar os olhos, ali estava protegida do vento e o calor do sol no rosto fez-me sentir melhor, mesmo que brevemente. Mas a brisa trouxe novamente recordações estranhas. Uma imagem de mim deitada num musgo verde e alto, macio, de mãos dadas com alguém a quem não conseguia ver o rosto. Alguém com dedos longos e magros. Lembro-me das mãos, mas não a quem pertenciam. Senti o rosto aquecer. Quando tenho falta de ar, ou receio desmaiar — a lembrança regular da doença —, começo sempre a sonhar convulsivamente. Podia ser isso, só que naquele dia os sonhos pareciam ser memórias. Não estava segura de onde vinham e não as conseguia fazer parar. Sussurrei para o coração:

— Tranquilo. Fica tranquilo.

De nada serviu. Toquei-o, fiz o contorno da aorta, da veia cava e da artéria pulmonar no exterior do saco, o tecido dos vasos frágil e inquieto, mas o tamanho não diminuiu nem o ritmo abrandou. Nada parecia inverter aquele ritmo crescente, e as paredes do ventrículo direito estavam tão dilatadas que começavam a ser visíveis no exterior. Lembrei-me de fazer uma lista dos riscos que podiam estar na origem da anomalia. Não um enfarte do miocárdio, angina de peito, pericardite, aterosclerose etc. Nada disso. Que riscos existiam para o meu coração? Por que resfolegava qual animal enjaulado em fúria contra as grades?

Levantei-me e voltei à avenida. Parecia uma doida, e se queria chegar a tempo ao encontro não podia perder-me em devaneios a cada canto. Vi as horas no telemóvel: 17h50.

Ainda tinha tempo.

Quando cheguei ao fim da avenida, enfrentei o mesmo problema de sempre. O passeio estava em obras há mais de seis meses, naquele bocado do trajeto não tinha outra hipótese a não ser carregar o coração ao colo. A base de plástico do saco é resistente, mas arrastá-lo sobre cascalho pode desgastá-lo muito. É uma subida inclinada, ainda me levaria uns dez minutos fazê-la. Como a um bébé, peguei-o ao colo. Upa! O coração saudável de uma pessoa adulta pesa entre duzentos e cinquenta a quatrocentos gramas, o meu cerca de dois quilos e oitocentos gramas. Naquele dia, quem saberia? Na verdade, se continuasse a crescer assim, em breve tornar-se-ia insustentável. Tudo seria impossível. Andar, dormir, trabalhar, comer, amar. Se o coração continuasse a aumentar e a bater daquela maneira, viver seria um pesadelo.

Quando for comunicar a nova condição ao paciente ou à paciente vale a pena lembrar que o coração nunca voltará ao tamanho ideal e que precisará de conviver com o problema toda a vida.

No final da subida, sentei-me lentamente num banco a meio do passeio, e retomei a ideia da lista. Que riscos existiriam para o meu coração naquele dia? Peguei numa folha de papel à solta na mochila e contemplei-a por segundos. Os medos saíram em catadupa, a caneta parecia seguir por si só:

medo de ser ridícula
medo de não ser desejada
medo de não ser desejável
medo de ficar vulnerável
medo de perder a liberdade
medo que me agridam
medo de ser humilhada
medo que me ignorem
medo de magoar-me
medo de ser rejeitada
medo de ser abusada
medo de ser pesada
medo que não me respeitem
medo de invadir o espaço
medo de desagradar

o maior medo de todos
não o posso pôr aqui

[Apagar. Mentalmente. Na cabeça. Se pudesse. Idiota. Que merda a realidade não ter as opções do teclado.]

A quantidade de medos que cabem numa folha de papel pardo... E que alívio escrever tudo aquilo. Afinal, era feita de medos a rede subtil de vasos que arrastava comigo. Li a lista com atenção. Os riscos eram muitos. Suspirei com força, encostei a cabeça nas ripas do banco e fechei de novo os olhos, sentindo a enxaqueca a aproximar-se.

(O funcionário da pequena loja em frente veio à porta fumar um cigarro e olhou para a rua como se não visse nada, com o cansaço a escorrer rosto abaixo. Quando vejo o *Survivor* na televisão lembro-me sempre como seria interessante fazer um programa só sobre "survivors" do neoliberalismo. Verdadeiros sobreviventes, com direito a vísceras arrancadas a sangue e saque e sexo e todos os outros condimentos da melhor violência dos filmes. Poderia ser temático, ter uma série sobre o pequeno comércio, outra sobre zonas rurais ou pesca, outra com pessoas trabalhando em fábricas a ganhar vinte euros por mês, outra com artistas, há infinitas possibilidades.)

— Não disperses!

Talvez os medos da lista fossem as razões neuroquímicas das alterações do ritmo cardíaco, belas forças românticas intemporais em forma de terrores. Os temores, pura e simplesmente. Têm muita facilidade em chegar à garganta, tal como o coração, e talvez por isso se confundam. Ou, talvez, andar a pensar em medos e a inventar coisas não ajudasse em nada. Queixava-me do quê afinal? Conheço os meus privilégios, sei que me possibilitam confortos negados a tantas. Tanto medo para quê? Que sentido fazia aquilo?

Exagerada.

O mundo nunca está em nós, está sempre nas outras pessoas. As avestruzes sempre acharam o sol excessivo e todas as borboletas são leves, airosas e contemplativas.

Naquele momento — como em tantas outras vezes — em tudo pensava e em nada progredia. Não queria pensar, só queria que o meu coração abrandasse. Só queria ter alguma mão no meu coração. Li os títulos dos jornais em destaque na tabacaria ao lado. Vi escrito "ENCARE O AMOR DE FORMA RACIONAL", em letras capitais.

— Não é nada fácil, mas é isso, belíssima revista! Não é que tem razão? Faz sentido. É evidente.

Eu é que não encaixava no que a toda a gente parecia óbvio e lá estava a lista para comprovar. Nada racional. Quando tiver algum tempo, perdão, dinheiro, vou comprar uma magazine.

— Os sentimentos dão imenso lucro.

Sentir enriquece multinacionais.

Na verdade, a taquicardia vir do quarto escuro dos terrores era tão plausível como o contrário. Isto é, não ter raiz, vir de lado nenhum ou de algum lugar invisível, nada ter a ver com riscos ou medos, ser intangível. Isto ainda me cruzou a cabeça, mas sabia que começava de novo a mentir. Fiquei quieta, buscando um tempo brando, como um pântano que procurava arrancar os nenúfares que lhe roubavam o sol à força, suspensa a olhar para a lista, que já parecia ter vida própria, pousada em cima do saco cardíaco.

Ainda tinha tempo. Ainda tinha tempo. Vi as horas de novo. 18h16. Um duche faria bem, ia tomá-lo, precisava só de mais um minuto sentada no banco.

Não penses, deixa-te levar pelo universo.

Foi nesse momento que tomei uma decisão sobre aqueles medos. Iria arrancá-los um a um, como quem extirpa os dentes na cadeira do Freud. Tinha-os identificado, esse era o primeiro passo. Não me lembrava, de facto, de ter-me sucedido algo semelhante. Embora de vez em quando tivesse taquicardias inexplicáveis de curta duração, nunca tinham sido tão intensas nem, e isso era o mais preocupante, tinham sido acompanhadas de um crescimento súbito do coração. Além disso, os medos — lera num sítio bastante credível —, mesmo os que parecem vir de lado nenhum, têm raiz e nascem do concreto, são fruto de condição. Logo, mesmo que não fossem a razão da arritmia, de algum lado nasceriam, e perceber isso seria seguramente positivo.

As origens de tudo são o tempo, a infância, a cultura e a geografia das células. Haverá sítios sem princípio?

Quer dizer, ter sido abusada aos dez anos será raiz de um medo aos quarenta? Não é isso esticar um bocadinho a corda? Afinal, era só um homem entre os sessenta e os setenta anos, com ar de metido consigo mesmo, que vendia livros de banda desenhada e chocolates numa lojinha, que descobri um dia ao voltar da escola. Como sempre fui apaixonada por livros, entrei para espreitar, com esperança de encontrar alguns livros novos da Disney. A loja era pequenina, uma cave sem janelas e as paredes pintadas de branco para onde se acedia descendo um degrau alto. Apenas um degrau. Prateleiras ocupavam a parede do lado direito até ao tecto, e ali estavam arrumadas as últimas edições da Disney.

O homem, que tinha os cabelos grisalhos muito esparsos espalhados em cada lado da cabeça reluzente, disse logo:

— Esteja à vontade menina, pode ler que não incomoda nada.

Ainda faltava uma meia hora para a minha mãe sair do trabalho, e a loja ficava a cinco minutos. Havia um Patinhas novo, e uma Mónica com os dentes espetados, que nunca tinha visto.

— Que delícia!

Não ia ter tempo para ler tudo. Passava as páginas em frenesim quando me lembrei que talvez pudesse voltar a passar ali no dia seguinte, ficava mesmo no caminho da escola.

— Amanhã posso voltar e ler mais um bocadinho?

— Claro, menina, claro! Já lhe disse — repetiu — não incomoda nada. Venha à vontade.

No dia seguinte, voltei. Li mais umas quantas páginas maravilhosas, inclusive havia um do Chico Bento, com o seu chapéu de palha e uma erva na boca, que era dificílimo de encontrar. O homem parecia não se importar nada e até me deu um chocolate, daqueles com creme dentro, da Regina, o meu favorito. Ia à loja há cerca de uma semana quando senti a mão peluda dele subir pelo meio das minhas pernas de menina. Era uma mão flácida e fria, com os dedos grossos. Dei um pulo, em pânico, e corei, sentindo-me de repente suja. Até hoje, coro e contraio o corpo de imediato nas raras vezes em que recordo essa história. Tinha dez anos, agora tenho quarenta. Não contei aquilo a ninguém, nem à mãe. Não tinha assim tanta importância e não queria incomodar as pessoas com uma história tão desagradável.

Muitos anos mais tarde, num dia em que levámos a filha de uma amiga a um jardim, apareceu um homem no parque infantil e começou a empurrar o baloiço onde a miúda brincava. Eu estava a uns metros de distância, sentada num banco de mão dada com Francisco. Tão simpático parecia o homem, sempre a sorrir entre a barba hirsuta. Tinha uns sapatinhos na mão, que deviam ser da filha dele. Mas estranhei.

— Não exageres, Alice — disse-me Francisco — estás sempre a ver coisas onde não há.

Lá está, exagerada.

Retirei a mão entrelaçada na dele.

Alguns minutos depois percebeu-se que, afinal, havia coisas onde havia coisas e a miúda deixou o baloiço, aos berros nos ombros de Francisco, quando este se rendeu à evidência e a foi buscar. Corremos para o carro e só quando chegámos junto ao rio conseguimos respirar e parar. Ainda podia ver os sapatinhos da criança imaginária, verdes com um grande laço, pousados na areia, ao lado do baloiço. A menina tinha quatro anos. O asco também sobe à garganta, como o medo, mas não lateja, fica a subir e a descer. Naquele dia, não dissemos mais nada. Um dia depois, contei a história do homem da lojinha de livros de banda desenhada pela primeira vez, quando ia com Francisco a caminho do trabalho. Estava um dia de sol e havia pouco trânsito, tinha o coração pousado sobre o colo. Não devia ter importância — daí nunca ter dito nada —, mas enquanto contava as lágrimas começaram a cair placidamente sobre o meu rosto. Não devia ter nada a ver, quer dizer, já tinha passado tanto tempo. E ele não me violou, eu consegui fugir. Não me penetrou. Os templos só se violam quando se abrem as portas com as mãos, ou com uma bomba, diz-se. O limite da minha porta é a entrada da vagina. Só depois da vulva se viola, não é? Podia ter sido bem pior, repeti muitas vezes para mim mesma. Curiosamente, ainda me lembro com detalhe do vestido que usava no dia em que o homem meteu a mão pelas minhas pernas acima. Do tecido, fino e fresco, do padrão de flores pequeninas azuis num fundo vermelho, onde uma menina de cabelos castanhos e uma fita rosa no cabelo corria.

Houve também aquele amigo da família, naquela vez na sala, mas foi tudo tão rápido.

— Ele é tão simpático, deve ter sido tudo um engano — foi o que pensei.

Imaginação minha, provavelmente, insisti. Mesmo sendo, novamente, eu com treze anos e ele com cinquenta, as mãos grossas pelas minhas pernas acima e a súbita sensação de não estar a respirar bem, havia um sorriso de tanta naturalidade na cara dele que só podia ser eu quem estava a exagerar. As mãos avançavam como se eu não existisse, como se não tivessem de pedir licença. Levantei-me e voei em direção à cozinha. Era um amigo por quem toda a gente tinha muita admiração, seria muito desagradável falar sobre aquilo, não valia a pena. Houve ainda aquele outro, só que nesse prefiro não pensar. Lembrar a armação madrepérola dos óculos dele é suficiente para iniciar um reflexo de vómito, que depois é difícil parar. E era isso mesmo que ia acontecer, se aquelas memórias não parassem de emergir em catadupa.

Já diziam as amiguinhas, e muito bem, nos intervalos, e as professoras com palavras mais elaboradas no interior das salas:

— Os rapazes não conseguem controlar-se.

Provavelmente, os homens também não.

— Nós somos o alívio possível dos pobres rapazes enlouquecidos, é só isso — repetia frequentemente, para uma plateia de atentas ouvintes, a minha amiga Sabrina, com um ar sábio, nos seus treze anos.

A loucura do silêncio insinua-se às células aos sete anos e começa a flertar com o cérebro aos doze. Aos quinze, inicia-se a grande cristalização.

Agora já não sou uma menina, claro, e o mundo está muito mais moderno. Ou seja, naquela altura pode ter aflorado algum medo, mas isso já não devia ter importância.

Voltando a reler aquela lista, acho que devo explicar o primeiro medo, o de ser ridícula, pois lembro-me perfeitamente do dia em que começou. Eu tinha catorze anos e ele jogava na mesma equipe de basquetebol que eu. Tinha uns olhos azuis enormes, daqueles raiados até ao infinito, era pequeno e calado. Chamava-se Chico. Quando havia jogos aos fins de semana, treinávamos juntos. As raparigas e os rapazes, quero dizer. Nessa altura, todos os amores, tudo, na minha cabeça, era absolutamente livre. Absolutamente. Inclusive, ainda existia a palavra absolutamente. Ainda dava para usar o coração dentro do peito, mesmo que já ficasse um pouco apertado. Podia correr à vontade. E como corria.

Eu gostava do Chico, achava-o bonito. Num dos domingos de treino, estava uma tarde cinzenta e acumulavam-se nuvens pesadas e escuras sobre nós, perguntei-lhe se podia falar com ele, no intervalo em que esperávamos o treinador voltar. Chico estava no meio de um grupo de rapazes, lembro-me. Achei que seria uma boa ideia convidá-lo para dar um passeio. Perguntei-lhe. Ele respondeu que não. Mas logo a seguir, ao voltar para junto do grupo dos rapazes disse, num volume que apesar da distância ouvi nitidamente:

— Credo!! Deve estar mesmo desesperada... — e, ao mesmo tempo, apertou o nariz e franziu a cara, como se estivesse enojado.

Todo o grupo começou a rir à gargalhada, um riso alto e convulso que ficou a ecoar durante algum tempo no pátio.

Ele parecia tão tímido.

Ainda hoje, lavo-me muito. Às vezes, mais de duas vezes por dia. Mas não tem nada a ver, é outra história. Estranho dia este, onde tudo parece misturado com tudo, sem categorias claras. O acelerar do coração parece ter derrubado as fronteiras que estruturam o bater regular do mundo. Em síntese: Percebi aos treze anos o que era ser rejeitada, humilhada e ridícula em simultâneo. Somei três memórias numa. Talvez tenham fundido-se. Entendi como essa coisa de gostar das pessoas pode ser devolvida de forma cruel, antagónica a todos os suaves rumores de nuvens e pássaros que dizem aflorar cada coração que ama.

Talvez aprendamos o amor a partir dos sítios errados.

Naquele dia do basquetebol, juntou-se a tudo isto uma lição muito mais infinita. A de qual devia ser o meu lugar no mundo. Neste mundo, por um qualquer fenómeno extraordinário e inexplicável, tomar a iniciativa é equivalente a ser uma rapariga-mulher desesperada. E estar desesperada fica mal e provoca gargalhadas convulsas a uma multidão. Interroguei-me muito, nos meses seguintes:

— Perguntar não é a melhor forma de esclarecer?

Num segundo parece uma boa ideia, no seguinte é marcação eterna no papel pardo de uma lista. Mas porque é que estou a contar isto? Claro! Foi nessa altura que se iniciou uma pergunta que ainda hoje me persegue. Se perguntar a outra pessoa se tem vontade de mim é claramente fora dos limites, como devo fazer então para resolver uma pergunta tão simples? Porque a pergunta existe. Existe sempre, quando existe, mas aparentemente deve permanecer para sempre no estado larvar de pergunta e aguardar que o outro tome a iniciativa ou resolver-se sem utilização alguma de palavras. Milagre singelo.

Tratamos as palavras aos pontapés.

— Devo ser uma falha do universo — penso frequentemente.

Já a avó me dizia:

— Tem calma, aprende a esperar minha querida.

Depois de dizer isto, suspirava e rezava um pai nosso. Impaciente, além de exagerada e teimosa, continuei perguntando até, muitas rejeições depois, aceitar finalmente que o meu lugar era esperar. Ou seja, o meu lugar no mundo era no grupo daquelas que esperam. Até que eles decidam, façam odes ao meu corpo nu e ar etéreo de ninfa devo aguardar em recatado silêncio. Só então poderei ser adorada em museus ou em grossos volumes de antologias. Ou, melhor ainda, poderei ser amada. Só que eu não sei esperar. Nunca soube. (Não sou, nunca fui, "feminina"[2].) Além disso, uma outra pergunta, reflexo de não poder verbalizar a primeira, continua a ressoar no meu corpo, na sua porção que ainda não é mármore. Porque é que o meu lugar no mundo não é decidido por mim? Afinal, é o meu lugar. E se não acho justo, se é algo que não sobrevive a nenhuma explicação — racional ou emocional —, como pode definir o meu lugar no mundo? Por que deveria obedecer?

Por estratégia, diriam muitas vozes suaves a partir de muitas antenas.

Na verdade, mesmo depois de todas as rejeições, jamais me conformei. Percebi, fingi que aceitei, mas não obedeci. Pelo menos, não totalmente. Viver sob o jugo de uma imposição estúpida é inaceitável. Diria até, impossível. Mesmo que o quisesse fazer, o inconsciente não mo permitia. Sabotava-me. Portanto, continuei a tomar frequentemente a iniciativa e, não com menor frequência, a levar com os pés. Por isso lá estão, na listinha, vinte e sete anos depois: "Medo de ser ridícula", "Medo de ser humilhada", e "Medo de ser rejeitada". Algumas pessoas, mesmo com medo, a única coisa que fazem é correr em direção ao touro.

Pouco tempo depois desta história, ainda a meio da adolescência, fiz a cirurgia para colocar o coração do lado de fora do corpo. A doença apareceu muito mais cedo do que é comum —

[2] Conceito, até à data, difícil de clarificar.

em geral a cardiomegalia só aparece depois dos vinte anos —, e instalou-se no corpo sem pedir licença. As causas permanecem um mistério, pois ao contrário da maioria não tive doença de chagas. Foi uma operação longa, e estive três meses sem ir à escola. Voltar foi todo um outro processo de adaptação.

Ser uma aberração não é um trabalho fácil.

Alguém inventava uma piada nova em cada semana, e entre isso e a expressão infinitamente caridosa dos adultos era difícil decidir o que mais me incomodava. Uma vez, durante o intervalo da manhã, um rapaz mais novo do que eu aproximou-se e, depois de longos minutos de hesitação em que não parava de olhar-me embasbacado, disse:

— Tu podias usar esse monstrinho nojento — referia-se ao meu coração — para pensar, não? E se pensasses talvez ficasses em casa em vez de andares por aí a arrepiar a escola inteira! — gritou, fugindo logo a seguir.

Esse episódio foi apenas o início, o pior veio a seguir. Um dos engraçadotes da escola lembrou-se de gritar:

— Pena que não tenhas as mamas do tamanho do coração! Isso é que era bom! — Toda a gente, de uma ponta à outra do pátio, deu grandes gargalhadas.

A partir desse dia, o rapazote repetia a piada diariamente. Enquanto alguém achasse graça gritava a frase alto, e isso durou meses. Eu fugia o mais possível, na altura ainda terrivelmente desajeitada no transporte do coração, dava as voltas mais intrincadas para chegar às salas, o músculo palpitante ao colo, atravessava a escola fora das horas de intervalo, às vezes passava a pausa inteira à porta da sala, mas havia alturas em que não conseguia mesmo evitá-lo. Lembro-me, com perfeição, das medidas exatas do pátio, da temperatura escaldante das bochechas quando me aproximava da esquina do recreio, e do riso de escárnio estampado no rosto arrogante dele e em todos os outros.

Mas voltemos àquele dia de primavera que tenho procurado contar e ao monstrinho nojento prestes a explodir. 18h23. Implorei à cabeça que se calasse, contudo sabia que cada silêncio fora alimentando um medo, e que cada medo provavelmente significaria um batimento cardíaco a mais. Por isso continuei a pensar, fervorosa e obsessivamente. Concentrei-me em manter a lucidez, para não entrar completamente em pânico. Fui à bolsa buscar um analgésico e engoli-o rapidamente.

Ainda tinha tempo. 18h24.

Podia tentar disfarçar, mas não era como um soco ou um apertão, que se pode pôr um bocadinho de maquilhagem, ou um lenço à volta do pescoço, era um coração do tamanho de uma bicicleta a bater quatrocentas vezes por minuto.

Fabulosas as técnicas de camaleão que vêm à cabeça das mulheres.

Por falar nisso, nesse momento revi cuidadosamente como estava vestida. Uma saia clara, justa e comprida, com uma racha do lado direito, uma blusa de algodão verde, um lenço cheio de losangos e um casaco leve. O verde combina com os meus olhos. Tinha reparado, há algum tempo, num homem sentado no banco ao lado a olhar-me com ar de ranço. De vez em quando, passava a língua pelos lábios e levava pouco subtilmente as mãos e as unhas imaculadas às calças, e parecia-me que era sempre a mesma gravata cinzenta que me seguia desde que saí do trabalho. Com todas aquelas preocupações, não tinha a certeza, podia ser impressão minha. Quer dizer, se fosse como naquela noite. Enfim, já era de noite, mas era um dia sem hora, recordo-me perfeitamente. O tipo, alto, magro, com uma barba ruça e incipiente, surgiu pouco depois de eu sair de casa e desatou a murmurar "que cona linda... lambia-te toda... todinha!" Apressei o passo, ao mesmo tempo que percebi não haver mais ninguém na rua. Se andasse depressa, chegaria em minutos à rua principal, aí já haveria gente e poderia livrar-me dele. O tipo continuou: "Fodia-te esse cu todo até ficares sem respirar e ainda te apertava esse coraçãozinho de plástico ao mesmo tempo", enquanto mantinha a mesma distância, sempre a caminhar atrás de mim. Passos corridinhos de cabrão. Não sei o que se passou comigo naquele instante. Esqueci todas as regras básicas de sobrevivência. Baixar os olhos, andar rápido, fingir que não se ouve. Deve ter tido algo a ver com a raiva lunar que espirrou a escaldar no estômago, provavelmente à menção do plástico, o que fez-me perder a cabeça. Parei, virei-me para ele como se não tivesse medo e gritei:

— Fora daqui! Com que direito estás a meter-te comigo? Tarado de merda!!

Ele pareceu hesitar um segundo, eu respirei dois. Até que veio para fora, toda a descarga de fel:

— Olha a cabra!... Conheces-me de algum lado para me tratares por tu?!? Tens a mania que és boa ou quê? Hã, sua puta de merda? Parto-te esse pedaço de plástico em dois. Queres levar uma bolacha no meio dessa cara de putinha?!?

Suaves e delicadas são as ruas.

Não demorou um segundo, de facto. O tempo não tem malícia, mas é perverso no modo como roda. Não interessa. Apertei o coração ao colo com força, desatei a correr como se voasse e só parei na paragem de autocarro, onde estavam cinco pessoas. Ainda me lembro. Cinco. Pessoas.

Corre-se como quem corre em direção ao fim do mundo e nunca se olha para trás.

Sorte que a mãe sempre me disse:

— Nunca deixes de ir a lado nenhum por teres medo. Nunca.

Mais fácil dizer do que fazer.

A mãe era rara, uma nota incomum no funcionamento do mundo, todas as outras vozes diziam, sempre que consideravam necessário, em voz esclarecedora:

— Toma cuidado! Um pouco de recato nunca fez mal a ninguém. É melhor não sair a esta hora! Ouviste? Vais sair vestida dessa maneira?!? Estás doida? Queres provocar?!?

A avó rezava em silêncio, e quando vislumbrava um decote maiorzinho, nem conseguia olhar-me de frente, tamanha era a preocupação.

Nada como um ambiente normal para normalizar bem.

Continuo, até hoje, a rever o que tenho vestido quando um homem me segue. Cada decote, ou milímetro acima do joelho, uma arma de lascívia apontada aos olhos de um frágil ser corruptível. Uma racha, uma bomba lançada na sua direção. Puxei firmemente a saia para baixo.

As mulheres são violadas de calças, de véu ou de burca, mas misteriosamente toda a gente as vê de decote.

Foi no momento em que emergiu mais esta memória — ali, sentada num banco de madeira, a caminho de casa, em plena primavera, com o coração a trezentos à hora e vozes milenares a puxarem-me a raiva —, que acabei de desenhar este plano audaz. O de conhecer a localização exata de cada medo da lista feita no papel pardo. Perceber de onde vinha cada um, para em seguida o triturar até deitar-lhe a unha completamente. Ia deixar de ser um coração apavorado do tamanho de um contentor.

Sou uma pessoa que insiste, uma otimista. Quando sinto que estou a perder forças, faço sessões de meditação, trabalho sem parar, leio artigos construtivos e proativos até chegar de novo a um equilíbrio que se afigure sólido. Digo, com frequência:

— Há sempre problemas maiores. Aliás, não há problemas, apenas desafios.

Ainda não falei do homem com quem vou ter o encontro, erro imperdoável. É um homem manso, magro, que fala sempre baixo e tem cabelos compridos. Chama-se Fran e acabou de voltar de uma viagem de três meses pelo Tibete.

Voilá! Muito interessante.

— Como estará ele? Terá mudado muito? Estará queimado do sol?

Queria muito viver a mais tranquila das noites. Gostava dele, mas ainda não lhe tinha dito. Aliás, só o compreendi um mês depois dele partir. Ainda pensei em escrever-lhe durante a viagem, mas achei que era melhor dar tempo ao tempo e aguardar até estar com ele pessoalmente. Além disso, receber um e-mail desses no meio do Tibete podia ser forte e eu não queria ser pesada. Sempre aprendi algumas conjugações do verbo aguardar.

Há que tratar o amor com pezinhos de lã.

Olhei de novo para o ecrã rachado do meu telemóvel. 18h37. Decidi seguir finalmente para casa e tomar um banho revigorante. Sairia feita nuvem, medos e taquicardias desfeitos no ralo da banheira. Ainda olhei, mais uma vez, para as casas do bairro e para o burburinho das pessoas, mas levantei-me e segui.

Ainda tinha tempo.

Aproveitei apenas para passar na mercearia e comprar leite e molho de soja, estavam quase a acabar. Era um instantinho e a forma de livrar-me do tipo que me seguia. (Quando me levantei, ele levantou-se a seguir, e não podia arriscar-me a ele descobrir onde moro.) Entrei na mercearia, peguei no leite com uma mão e no frasco da soja com a outra. Franco, o dono, conhece-me bem e pareceu estranhar o modo acelerado como o coração batia, mas é pessoa delicada e não diz nada, apenas transpareceu-lhe alguma perplexidade nos olhos quando sorriu. Começáramos a falar um com o outro uns dois anos antes, a propósito dos sítios onde poderia melhorar o português — ele tinha chegado ao país há uns meses —, e desde aí sentimos profunda empatia. Parece-me, embora as conversas sejam sempre curtas e de circunstância. Um dia, fomos tomar um café na pastelaria ao lado da mercearia — a "Até que enfim" —, e gostei muito. Parecia estar à vontade com o meu coração, tinha a delicadeza de não puxar uma cadeira para colocá-lo como tantos. Parecia partir do princípio que eu saberia lidar com o meu próprio coração. Por timidez, ou falta de tempo, o encontro nunca se repetiu.

Quando saí, o tarado já não se via em lugar nenhum. Aleluia! Se há coisa que acelera até um coração paralítico é um idiota a perseguir-lhe as pernas.

Divido o apartamento com uma amiga, Mariana, no centro da cidade. Não tenho uma "relação"[3] há muito tempo, gosto de estar sozinha. Quer dizer, há dias em que sinto que perdi o mundo das esquinas docemente elaboradas onde as pessoas são mais felizes, contudo, na maior parte do tempo, sinto que gosto de estar sozinha. A ideia da mulher emancipada em feroz e derrotada solidão é uma perceção que não compreendo. Conheço mulheres emancipadas de todos os modos e feitios. Umas que adoram passar de um amor ao outro sem uma pausa para respirar, outras que passam mais tempo nos lutos do que nos amores em si, umas que simplesmente nunca amam. Nenhuma emancipação é necessariamente feroz. Aliás, é por vezes tão suave. Para mim, o prazer de estar sozinha é algo simples e ancestral. Gosto do sabor do silêncio à minha volta, da vastidão de estepe de poder decidir por onde vou, a cada dia. Cheiro o dia à nascença e depois sigo-o. Falar de mim para mim é o meu modo delicado de possuir o quotidiano do desejo, mas é difícil assumi-lo. Uma ou outra vez, tento explicar a sensação, mas ninguém dá mostras de acreditar, nem se sabe se eu própria. Quando explico, as outras vozes pare-

[3] Expressão pouco clara — ambígua, de facto —, que procura diferenciar as relações amorosas das relações em geral.

cem sempre secundadas por milhares de vozes, e a minha só ter o meu eco. Toda a gente parece pensar que não ter uma "relação" é sinónimo de solidão. Ora tanta solidão a dois, a três, tanta, tanta, numa multidão.

Mais uma vez, uma aberração.

Guião ambivalente este, por um lado faz-me independente, por outro não permite encaixar-me em lugar algum. Além disso, aparentemente tão frágil que um simples encontro o faz estalar. Seja como for, não consigo moldar-me ao modelo plastificado de emancipação. Mariana resolveu o problema de modo bem mais eficaz. Trabalha até cair e raramente tem tempo para mais nada, seja estar só ou acompanhada.

Cinco minutos depois, estava à entrada de casa. Vivo numa vila a preto e branco, como as fotografias do século passado, bairros fabricados para alojar gente que veio trabalhar nas fábricas da capital. O prédio onde vivo é de 1899. Subi o degrauzinho da porta principal e acedi ao túnel que leva ao pátio interior da casa. A meio do corredor, tive de encostar-me à parede rugosa para refazer-me um pouco, e acabei por sentar-me numa das portas da casa principal, a casa dos senhores. O ritmo cardíaco continuava galopante e aquele último trajeto a andar depressa não tinha ajudado. Além disso, Mariana às vezes vem a casa durante a tarde, e não queria que ela me visse naquele estado apocalíptico. Como é *freelancer* — outra forma de dizer disponível para o que for preciso e nunca para si —, não tem horário. Temos uma relação tão boa, não gosto de preocupá-la.

Sempre a pedir desculpas ao mundo, como se não fosse um lugar seu. Oh, Virginia...

A vizinha da frente tinha roupa branca estendida e podia adivinhar os seus olhos de ovelha atrás da janela. Só repousei por breves segundos, pois senti um cheiro a comida podre vindo do balde do lixo. Olhei em volta. O rapaz do andar de baixo devia ter faltado às aulas da tarde outra vez, tinha a bicicleta estacionada mesmo à porta. A respiração acelerada regularizou um pouco e a dor de cabeça diminuiu, um coração sabe quando chega a casa.

Nem sempre foi assim, quer dizer, gostar de estar sozinha nem sempre foi verdade. (Peço perdão se por vezes mudo de assunto, queria escrever tudo de seguida, ser uma seta entre as páginas, mas está a ser um dia atribulado, esta vontade de apagar os medos no papel vai e vem entre as mãos, não garanto conseguir.) Enfim. Antes de separar-me de Francisco, andava no meio dos montes onde morava na época, sabendo já que a relação com ele não fazia sentido nenhum, mas apertava-me o peito pensar em viver sozinha se nos separássemos. Borrava-me com a perspetiva de uma eternidade de solidão, com duas pessoas o mundo parecia mais suportável. Quase uma década depois, a vida a dois afigura-se fraca ilusão e idealização desnecessária, mesmo que o coração não batesse exatamente a esse ritmo, nem desse sinais seguros de o vir a fazer. Seja como for, perdi esse medo da solidão, mesmo que tenha encontrado uns quantos outros para compensar e diversas peças ainda não encaixem no grande puzzle.

— Nenhuma mulher quer ficar para tia — ouve-se frequentemente à mesa do jantar.

Naquele momento, quase a entrar em casa, tive outra epifania. Como medida de emergência para a eventualidade da localização dos medos na cadeira do Freud não ser um absoluto sucesso, podia fazer a lista dos medos que, tendo vivido, já perdi. As montanhas que superei. Parei no corredor, à procura do papel com a lista na carteira, mas não a encontrei. Tinha ficado na mercearia.

Porra!

Não há problemas, só soluções. Não há problemas, só soluções.

Encostei-me à parede, peguei numa fatura antiga amarrotada, alisei-a bem e desatei a escrever nas costas do papel. Em segundos, listei os medos superados:

medo de falar em público
medo de errar
medo de ser invisível
medo de dizer o que penso
medo de parecer fácil
medo de não fazer bem feito
medo de viver sozinha/medo de não ter uma "relação"
medo de dizer que sou feminista
medo de me acharem demasiado intelectual,
que tenho a mania que sou esperta,
ou pretensiosa,

medo de andar de avião.

Grandes conquistas. Sítios onde olhei os medos de frente, puxei-os ferozmente pelo tutano e os reduzi a pó. Rapariga praticamente grande. Guerreira.

Tinha medo de parecer esperta desde sempre. Gostava demasiado de Física na escola. Muito estranha. Ainda na primária, destacava-me pela exatidão matemática e dotes precoces de engenharia. Aos dezoito anos, ouvi um grupo de ingleses amigos do meu namorado da altura, o Frank, dizê-lo bem alto:

— Ela tem a mania que é inteligente ou quê?!?...

(em inglês)

— *She's convinced she's smart or what?!?....*

Isto porque descrevera, muito apaixonadamente, como tinha adorado ler *O Hobbit*. Francamente, que exagero. Francamente, amar um livro à loucura. Que presunção. As mulheres amam os livros de cozinha e amam os homens, claro. Falam apenas moderadamente sobre questões eminentemente intelectuais. Ouvi o comentário deles por acaso, ao voltar atrás por me ter esquecido do casaco, vi a gargalhada cúmplice de Frank e fiquei paralisada. A tremer. Era uma noite de verão, mas ser humilhada tem tendência a congelar circuitos. Na altura vivia numa cidade junto ao mar, cheia de iates na marina, por todo o lado mastros, risos na praia e gin. Na verdade, tinha a mania que era burra — o comummente aceite para o meu sexo —, e eu gosto muito de ser aceite. Ouvi as risadas do grupo, desapareci dali num ápice e fui dar voltas para o porto. É uma maneira de fugir que tenho, como já se deve ter percebido, andar ficando parada por dentro, ou enrolada nas voltas da mesma emoção paralisante, sem ir a lugar nenhum, a não ser para dentro. Para dar-me tempo até ter coragem de voltar a mim. Tento manter-me à tona pensando, apenas pensando. Irritada, atirei o coração para o chão do cais com raiva.

— Por que não sei ficar calada?!? Por que tinha de falar tanto sobre o livro? — disse para as gaivotas.

Como o mar, murmuro, embalo, mas também grito, aprendi então. Anos mais tarde, não me recordo bem quando, o medo desapareceu e aceitei a minha intelectualidade como parte de mim. Pelo menos, deixei de pedir desculpa cada vez que penso.

Até onde escorre a água gelada sem encontrar pingo de sol?

Mudemos de assunto. Passemos dos namorados ingleses para os valentins germânicos. O meu primeiro beijo na boca — a um rapaz — dei-o numa viagem ao Gerês, aos quinze anos, a um alemão, louro, de olhos azuis e uma certa tendência para o excesso de saliva, que sorria sempre. Chamava-se Franz. Descobri, uns meses depois, quando ele se convidou a visitar-me, que viria com a sua namorada de sempre — de quem nunca me tinha falado —, também ela loura e de olhos azuis. Numa das noites em que íamos para casa de táxi, estávamos os três sentados no banco de trás — eu numa ponta, o Franz a meio, a namorada dele na outra ponta —, ele pôs o braço por trás das minhas costas e tentou chegar à minha mama com a mão sardenta e avermelhada, ao mesmo tempo que continuava a falar placidamente com a namorada. Na altura só me apeteceu dizer:

- *R-E-S-P-E-C-T!*

Mas calei-me. A situação seria tão desagradável.

E a noite engoliu o táxi.

Isto no passado longínquo. Naquela tarde, já passava das 19h, eram 19h04, e estava parada, encostada a uma parede com uma fatura na mão, feito idiota à frente da porta de casa. Rodei a chave e entrei. Vivo naquele apartamento há cinco anos, com Mariana desde há quatro. Não estava ninguém. Apenas um bilhete em cima da mesa:

— Boa sorte, mana!

Dei uma gargalhada, e segui em direção ao quarto para buscar a roupa, que tinha escolhido meticulosamente no dia anterior.

— Ainda bem que preparei tudo ontem.

Entrei na casa de banho e liguei a água quente. Preciso de vapor para amansar a pele. Quando inicio um banho o tempo parece paralisar, como se renovasse o corpo entre as gotas de água que o encharcam. O corpo é um lugar demasiado. O corpo é o meu lugar. Quase. É um sítio que gostava de gostar e que às vezes gosto. Sei que no dia em que for o meu corpo poderei ser tudo. Que sou, senão meu corpo? Já nua, lembrei-me de um cartaz enorme, fixado na parede em frente do meu trabalho. Uma extraordinária mulher loura, desenhada a *photoshop* e vestida apenas com umas calcinhas de uma marca conhecida, de renda preta, boca ligeiramente entreaberta e braços cruzados sobre o peito parecia aguardar, sequiosa, que um homem a viesse foder. O ventre da mulher era uma lomba perfeita com um delicado umbigo no centro. Aguardava, embora impacientemente. Um dia começarão a fazer *outdoors* com som, onde se ouvirá, finalmente:

— Fode-me! Fode-me! Fode-me!! Fode-me!! Fode-me!!! E etc.

Essa será a banda sonora da maioria das ruas, pois curiosamente a expressão facial das mulheres é a mesma nos cartazes que vendem roupa interior, chouriço ou detergente para a roupa. Não. Estas últimas que vendem detergente têm a boca entreaberta, mas acrescentam um leve toque maternal à expressão, como se dissessem “fode-me primeiro, que eu a seguir lavo-te a roupa”. Já tentei imaginar como seria se fosse eu a fazer de modelo. Quer dizer, tentei visualizar onde e como arrumaria o coração e que tipo de extra seria adequado juntar à boca entreaberta, de maneira a ser coerente com a cardiomegalia. A língua no extremo esquerdo dos lábios a apontar subtilmente o coração? Pôr simplesmente o coração atrás das costas?

A prata que bate no mundo tem género e raça e classe e vende muito.

O duche foi providencial. À medida que a água caía, consegui prolongar as respirações e regulá-las um pouco. Abri lentamente a bolsa do coração, tirei e trouxe-o junto ao rosto para afagá-lo. Parecia uma bomba a latejar nas minhas mãos, a massa vermelha e viscosa, quente, pronta a explodir. Lavei-o com especial cuidado, tenho um hidratante só para ele que um laboratório fornece-me há mais de uma década. É o mais macio dos corações. Sequei-me, passei o creme cuidadosamente, mantive-o pousado nas mãos à altura do peito, os dedos ligeiramente curvos para o aconchegar melhor, e desatei a sonhar milhares de sonhos ao mesmo tempo, por puro deleite.

Revelações recentes indicam que sonhar acelera os batimentos cardíacos.

Mas naquele dia os sonhos eram apenas memórias, na maioria desagradáveis, melancólicas. Parecia ter perdido a capacidade de sonhar em frente. Não conseguia controlar a minha cabeça aferrolhada, só andava para trás. Lembrei-me do momento em que notei que o meu corpo envelhecera abruptamente. Afinal, já tinha chegado aos quarenta. Não fora exatamente pelo arfar de meia hora à conta da corridinha de três minutos para o autocarro com o coração ao colo, nem sequer pelas estrias nas coxas ou nas mamas. Fora uma noite na cama, na verdade muito antes dos míticos quarenta, um pouco antes de adormecer:

— As tuas mamas encolheram um pouco, não foi? — perguntou Francisco, com ar ausente.

Fora nesse momento.

Nota: O termo "alteridade", do latim alteritas, refere-se correntemente ao "estado de ser outro ou diferente; diversidade; outridade". Como se chamará o estado de "existir a partir de outro"? Esponja, do grego spoggiá?

Quando voltei a entrar no quarto, começou a ouvir-se o assobio musical do amolador, vindo do pátio, e lembrei-me do flautista de Hamelin e da sua história hipnótica. No noite que se segue ao dia em que ele passa, o que acontece uma vez por mês, tenho sempre o mesmo sonho. No meio de um salão de baile, com uma luz amarelada, vestida com calças azuis e camisa vermelha, sou uma boneca a marchar entre um exército de bonecas. As bonecas marcham até ao fim da sala onde, em lugar da parede, está o vazio. Nesse momento, começo a ouvir gritos vindos de todo o lado. As bonecas antes de mim guincham, e urram, enquanto tentam não cair e, não conseguindo, agarram-se às pernas da boneca a seguir. As minhas pernas. Sempre as minhas. Arranham e mordem como quem sabe que vai morrer. Vejo à minha frente uma floresta onde as árvores só têm os troncos, vergados em dois, e cada uma das bonecas que cai transforma-se na sua sombra. Nesta fase do sonho, acordo a gritar. Encostei-me à parede do quarto, de novo com a respiração aflitiva. Saber qual seria o meu sonho nessa noite fez breve a conquista respiratória que me trouxera o banho.

No armário tenho vários monitores de frequência cardíaca, muitas pessoas acham que é a minha prenda ideal. Naquele dia, de todo o modo, foram úteis. Fui buscar um, liguei-o, inspirei e olhei para o ecrã. Cento e sessenta batimentos por minuto... porra!!!

Porra. Foda-se. Cona. Caralho.

Um dia vou estudar a relação entre sexo e palavrões.

Suspirei, sentei-me, e deixei-me cair lentamente na cama, afagando de mansinho o coração. Resolvi pensar num medo que já tivesse ultrapassado.

— Medo de parecer fácil!

Tendo crescido numa terra pequena, a bem dizer uma terrinha, esse medo existia em todos os lados. Não apenas por ser o problema de todas as raparigas em terras grandes ou pequenas, mas porque numa terra pequena tudo se descobre mais rapidamente e a pressão é consequentemente maior. Parecer fácil é um rastilho de pólvora que condenaria como pária a mim e a todas as mulheres da família, até às netas e mais outra geração ainda. Sobre isto as avós, as professoras e todas as senhoras eram firmes:

— Ninguém quer ver o seu nome na lama só porque tu não sabes te controlar.

Lembrei-me de ter lido, na noite anterior, nas primeiras páginas de um livro da Dorothy Sayers: "A moral a tirar é que uma rapariga tem de ter juízo." A frase surgia numa conversa entre duas mulheres que trabalhavam no escritório de um detetive, quando falavam sobre uma mulher que tinha sido assassinada. Ao escorrer do sangue ainda quente, ficava o aviso. Não tivera juízo, bang!

Não é fácil ser fácil, de facto.

Na verdade, não queria nada lembrar-me do momento em que esse medo tinha tornado-se palpável... mas lá estava, de novo a emergir, o quarto escuro. Suspirei. Fora com um tipo bonito, Fr., durante a faculdade. Já o via na cantina desde o início do ano, e sempre que podia tentava arrancar-lhe um sorriso. Ele nuns dias parecia reparar em mim, noutros nem me ver. Até que numa das festas da queima das fitas, pelas duas da manhã, aproximou-se e começou a dançar. Não me lembro bem de tudo, o álcool é nuvem tão opaca quanto esplendorosa, mas o extraordinário foi ver-me no quarto dele, pouco depois:

— Uau! Afinal, ele reparou em mim — foi a primeira coisa em que pensei.

A alegria demorou menos de dez minutos, mesmo assim mais seis do que a totalidade do ato. Os beijos eram só cuspo. Muito maus. Mas o pior foi o modo como me agarrou, mais rápido que a sombra do Lucky Luke, penetrou-me sem preservativo, gozou, saiu de mim, e virou-se para o outro lado, tudo em menos de quatro minutos. Tentando evitar que o asco me tomasse, respirei fundo e tentei iniciar uma conversa:

— Tu estás em qual engenharia?

Ele virou-se, lentamente, com o ar ligeiramente irritado acentuado pelas sobrancelhas franzidas:

— Ouve... uma gaja fácil como tu, que vem com um tipo logo à primeira, não está agora à espera de conversas e festinhas na cama a seguir, pois não? — Pausa. — Olha, e podes pôr o coração do outro lado da cama? — Ajeitou o cabelo, antes de voltar as costas e desatar a roncar, cinco segundos depois.

Bang. Dez minutos.

Encostei-me contra a almofada, sentindo o coração mirrar. Naquele momento, batia especialmente devagar. Lá estava de novo esse assunto fundamental. Esperar. É que esperar tem ainda esse outro subtil significado. O de demorar a aceitar qualquer coisa. Não é só não ter iniciativa. É dizer não, mesmo quando apetece dizer sim. Ou, no mínimo, passar sempre a ideia de hesitação.

Ligeiramente tortuoso este escabeche.

Enfim. Se não agisse de acordo com este guião, era fácil. E fácil não é nada bom, pode inclusivamente matar de morte assassinada e legítima, como acabámos de ver. Num policial, na televisão, em casa, nos *ateliers,* ou nas ruas, as más são raparigas de moral fácil, que nunca têm bom fim. Acabarão a escorrer sangue e lágrimas numa qualquer rua escusa, ou no último episódio da telenovela.

Durante muito tempo tive de facto medo de ser — ou parecer? — fácil. Um livro feminista, anos mais tarde, começou a fazer diminuir esse receio, que nunca parou de minguar. Até que um dia, há uns anos, ouvi alguém chamar-me aos berros.

— Alice! Alice!!!!

Era ele, Fr., mas não o reconheci logo. Aparentemente, ainda se lembrava do meu nome. Com mais vinte anos, tinha uma papada pesadinha e uns olhos mortiços que despertavam dúvidas sobre o seu grau de vida.

Tantas mudanças podem trazer o tempo e a vida e etc.

Nesse minuto em que vi Fr., mais de uma década depois, aquele medo morreu. O poder que parecia dele emanar desfizera-se na luz da realidade, e qualquer coisa demonstrou a evidente dislexia do universo. Na verdade, que poder tinha aquele ser inchado pelo tédio? Inclinei um pouco a cabeça, como se só o conseguisse olhar de lado, e respondi:

— Olá, Fr.

Em dez minutos de conversa circunstancial, consegui livrar-me dele e ainda parecer educada. A melhor parte de perder aquele medo foi descobrir que a questão de ser ou não ser — fácil — tinha entrado insidiosamente na minha cama, mas podia sair dela de uma vez por todas. Mais tarde, nesse mesmo dia, estava com um amante — Francis — e baixava os olhos, no meio dos abraços e das bocas, quando ouvi palavras com a mesma exata cor passarem-me na cabeça:

— Não te mexas demais, ele pode achar que és fácil.

Extraordinárias, as epifanias. Num segundo, permitem compreender milhões de anos. Tal como compreendi, ao ver Fr. que ele era uma nuvem cheia de nada, naquele segundo, naquela cama, percebi que ser fácil tinha entrado no meu prazer — ou na falta dele —, mas que podia também sair. E que se alguém tivesse algum prurido com isso que fosse foder para outro lado. Deixei-me ir e comecei a mexer-me mais de acordo com o meu desejo. E relaxei. E gozei. Duas vezes. Desde aí, gozo sempre. Comigo mesma, com os meus dedos, com a almofada e com os amantes. Cá está, emancipada. Será? Uma emancipada de coração enlouquecido.

As barreiras mais difíceis de quebrar são as que legislam os orgasmos.

Encostei a cabeça na almofada sorrindo, ao lembrar-me de Francis. A cama estava tão macia. Podia ficar ali, fechar os olhos, abraçar o coração, adormecer, não ir ao encontro. Comecei a tocar-me, ainda com o perfume do banho nas mãos. Um orgasmo podia relaxar-me. Passei a mão pelo pescoço, pela mama, circulei o meu mamilo pequeno e rocei os dedos na proteção que tenho sobre as costelas, para proteger a entrada do coração e os vasos. Por vezes, excita-me pressionar ligeiramente a veia cava com o ritmo certo, pequenos prazeres de um coração grande com as veias ao ar. Usava aquela proteção azul há um ano e era a minha favorita. Combinava com tudo. Tinha tido outra, durante anos, com um padrão de flores, mas não combinava com a minha pele, e algo está mal quando a pele não combina com o coração. Lembro-me perfeitamente do dia em que fui à cardiologista buscá-la junto com o saco novo, o mais leve e resistente que alguma vez tinha tido.

— Belo! — exclamou a médica ao observar-me. — Este saco e esta proteção vão durar a vida inteira.

Abri o saco devagarinho, e pousei o coração sobre a cama. Pouca gente imagina o desenho que as artérias traçam sobre o pericárdio, eu posso percorrê-las de olhos fechados, conheço a sua medida exata, onde curvam e bifurcam. As que saem das veias principais, a espessura de cada parede, as pequenas falhas nos encaixes entre umas e outras. Passei o dedo devagar sobre a parede, seguindo os veios. Tenho o privilégio de poder tocar-me por dentro e por fora, de conhecer o toque dos órgãos e das feridas abertas. Pousei as mãos na altura do útero, fechei os olhos e respirei devagar. Passei a dor do ventre para as mãos e depois abanei-as para o ar, um pequeno ritual meu. O universo que consuma a dor, tem espaço para isso. Olhei de novo para o monitor. Cento e vinte batimentos por minuto, tinha melhorado um pouco.

Antes de vestir-me, li de novo a mensagem que Fran tinha enviado. Já perdi a conta dos amantes que não respondem às perguntas mais simples. Às vezes, amo-os só porque escrevem uma frase. Podia escrever um tratado só com o silêncio deles. Quando escrevem-me um texto com mais de dois parágrafos, considero-os extraordinários comunicadores. Cada parágrafo, um projeto de tese relacional. Fran respondia sempre, tinha meiguice nas palavras e aparentemente sabia perguntar quando tinha dúvidas e dizer quando se sentia desconfortável. Sentia que pensava em mim — e não por mim — o que obviamente me encantava.

Olhei para o relógio na cabeceira da cama: 19h45. Andar atrás do tempo demora. Ia chegar tarde se não corresse. Vesti-me em dez minutos, olhei-me ao espelho insatisfeita — magríssima! —, mas a roupa assentava-me bem.

Ao sair de casa, percebi que o vento tinha aumentado muito. Uma cortina verde escura de hera vibrava, feita maremoto, na parede ao lado de minha casa. Desci devagar, observando um avião que se aproximava da cidade, aos solavancos. Acho a hora mais bonita aquela em que o sol se põe, tanto que parece-me profundamente poético aviões a traçarem linhas de poluição no céu. A alienação é poeticamente estimulante. Voar, viajar, atravessar o mundo, coisa que há muito deixou de ser extraordinária aventura e cada vez mais se reduz ao romantismo de um terminal de autocarros, partidas e chegadas a horas precisas, e casas de banho onde se tem de pagar para mijar, ainda permanecia na caixa das ilusões. Voar o prenúncio automático de uma transformação libertadora.

Muito tempo passou, no entanto, entre o primeiro voo aos cinco anos e a viagem, em pleno inverno, num pequeno bimotor, que parecia atravessar uma estrada cheia de buracos, com os cinzeiros a saltar dos bancos. Nessa altura, os aviões ainda tinham cinzeiros. No meio de nuvens encasteladas, a que não se via o fim, o bimotor saltando como um cavalo numa prova de hipismo, o meu suor e o dos outros escorrendo pelas cadeiras, toda a gente a mirar-se em silêncio qual multidão condenada à morte numa cela sem ar, revi quem amava em segundos com o coração preso entre as pernas. Depois, não morri. Apenas nasceu mais um medo.

Medo da queda, medo do céu.

Tenho de dizer algo aqui, e contradiz tudo. Isto dos medos é ficção. Já basta desta apologia circular sobre de onde os medos vêm e para onde os medos vão. São ilusões que a cabeça produz, não são reais. São *alucinárias*, fungos que introduzem-se nas células e se transformam em bolor sem cor, pequenos compostos de veneno agregados ao sangue, tão subtis que parecem sempre ter existido e fazer parte da ordem primordial do mundo. Mas não fazem. Este caso é a melhor das provas. Observemos o assunto racionalmente. Os aviões são, de longe, o meio de transporte mais seguro e, no entanto, aquele onde mais pessoas têm medo.

Será assustadora a textura do céu?

(Não me interrompas!)

Olhando para a questão a partir dessa perspetiva, toda esta história podia terminar aqui mesmo. Não há medos, só alucinações. Mais, serão medos o que me acelera o coração? Por que não uma interminável sequência de excitações e alegrias? Por que este encandeamento pessimista de memórias e terrores incontroláveis, como única rampa de lançamento para uma explicação plausível?

Porque te dói. O coração pesa-te, não é o coração de uma borboleta. Tem fendas e cicatrizes, vais fingir que não vês?

Está bem. Vamos assumir a hipótese de que todas estas ficções a partir dos medos podem ser palpáveis, apalpadas até, o que lhes confere um certo estatuto mítico de coisa inexistente, mas que se pode tocar e sentir. Por exemplo, fazer aumentar cinco centímetros um coração — já de si enorme —, de um minuto para o outro. (A cardiomegalia tem alterações em geral progressivas e quase impercetíveis, perfazendo uma média de crescimento de dois centímetros por ano, e naquele dia deu um salto espantado em segundos, eu sei.) Mítico, mas real. Sim, o meu coração tem nas artérias mais medos que alegrias. E isso serve para quê?

Para encontrar o caminho de volta ao lugar inicial, onde não havia freios a segurar a corrida dos cavalos.

O coração não tem cérebro, logo provavelmente não terá memória. Ou seja, descobrir o porquê não me valerá de muito, pode trazer-me, no máximo, algumas racionalizações fugidias.

O coração é um órgão musculoso e fibroso, ou seja, é composto principalmente de músculos e fibras, não de imaginação. Os impulsos elétricos é que são sonhos e fulgurações das fantasias. Entre essas fulgurações, por breves que sejam, surgem por vezes epifanias. E hoje precisas urgentemente de uma epifania que te permita não morrer de ataque cardíaco e quiçá encontrar alguma luz no fundo dos túneis que tens habitado. Touché!

Vamos acabar com os diálogos, sim?!?

Hoje não me controlo, farta que estou de ser espetadora passiva da minha própria caneta.

(Está bem!)

A rua por onde descia estava cheia de turistas. Odeio turistas. Estou sempre à espera que algum olhe para mim, repare no coração gigante a bater na bolsa, leve as mãos à boca e grite:

— *Oh, so typical! So fadô!!!!* — imaginei, enquanto fazia um manguito imaginário.

Continuei a descer, sempre evitando os carris do elétrico, como se pisasse ovos, de tal modo o empedrado era escorregadio e perigoso, até um odor delicioso vindo de um restaurante angolano fazer-me parar. Encostei-me ao vidro da montra a andar para trás outra vez. Os cheiros viajam o tempo. Muamba de galinha, tinha comido uma vez, com Francisco, quando estávamos de férias. O Francisco tinha, tem, os mesmos olhos azuis do Chico e o mesmo sabor a mar de Frank. O restaurante era pequenino e quente e pensei que seria uma boa oportunidade para conversarmos. Conversarmos, de facto. Ele rabiscava o meu rosto num guardanapo, distraído. Sentia que a distância entre nós, apesar da enorme intimidade, aumentava diariamente. Havia um abismo, cada vez maior, entre as nossas mãos que caminhavam entrelaçadas pela rua. Naquele dia, estávamos em viagem, a almoçar maravilhosamente, por isso respirei fundo e encarei o assunto de frente, sem rodeios. Senti que podia parar de rever minuciosamente as melhores estratégias cada vez que queria abordar um assunto mais delicado com ele.

— Sabes, há momentos em que sinto que estamos a distanciar-nos — disse.

— Hã?... — Francisco pareceu acordar de repente.

— É que há sempre tanta coisa a acontecer por dentro e a gente fala tão pouco do que está a sentir....

— Lici — ele chamava-me Lici — não vais querer entrar agora num momento dramático, pois não?... Quer dizer, nós estamos de férias!... Tem dó.

— Precisamente. Foi por isso que pensei que era uma boa oportunidade para pormos a conversa em dia. Às vezes pergunto-me como te estás a sentir... e percebo que não faço ideia.

— Nós falamos todos os dias.

— Sim, mas apenas das coisas de todos os dias. Eu dizia falar do que nos está a doer, do que estamos a sonhar — entusiasmei-me.

— A doer? A sério, Lici? Não achas que estás a ser um bocado exagerada? Queres falar de dor? Nas férias?!?

— Não é só da dor, é de tudo. Por exemplo....

— A sério, não sei porque tens essa necessidade de esmiuçar tudo, de fazer de tudo um drama. Relaxa, não sejas pesada... Vá lá, não sejas tão Madame Bovary.

Raio de clássicos da literatura que só têm referências de mulheres que terminam geralmente em tragédia. Julieta? Morreu. Ofélia? Enlouqueceu. Karenina? Suicidou-se, carris de comboio. Madame Bovary? Arsénico. Salva-nos a Scarlett que termina a dizer "amanhã será outro dia".

A conversa ficou por ali. Eu não posso ouvir a palavra "pesada" sem sentir uma vontade incontrolável de parar imediatamente o que quer que esteja a dizer ou fazer. Na altura lembrei-me de uma amiga minha — L. — ter-me repetido, diversas vezes:

— Há três regras básicas que tens de cumprir para fazer um amorzinho de vez em quando, *my love.* Saber esperar, não tomar a iniciativa, e não falar emocionês[4]. *Capice?*

Já que a quarta, a de não ser — ou parecer — fácil, eu eliminei e nem queria ouvir falar. Nem as minhas amigas mais íntimas se atreviam a mencionar a quarta regra sagrada. Só que eu sou daquelas pessoas a quem basta vislumbrar um sinal de proibido para ter logo vontade de o furar, como já se deve ter percebido, daí a estafada tentativa no restaurante angolano.

---

[4] Emocionês: Apesar das mais variadas pesquisas, não se encontrou significado ou definição desta língua aparentemente mais disseminada que o esperanto. O mais próximo foi a seguinte indicação: *Será que queria dizer "emociones"?* Para boa entendedora, ou entendedor, meia palavra basta.

As emoções são o peso da existência. Existir deve ser leve. O guião para amar é complexo. Lalalalala

Encostada na montra do restaurante, esfreguei a cara com as duas mãos, com força. Esfreguei e voltei a esfregar. Que desperdício de tempo, estar mais uma vez parada, a rememorar o que já devia ter esquecido. Tinha de parar de entrar em sítios que preferia evitar, com o coração a arrastar aos pulos atrás de mim. Naquele dia, eu era todo um novo significado de ter o coração nas mãos. Exagerada, teimosa, impaciente, e como se torna cada vez mais óbvio, obsessiva. Segui com cuidado, pois naquela zona os passeios são estreitos. Mal dão para pessoas, muito menos para pessoas e corações. Só precisava de passar pelo multibanco, havia vários no caminho, depois seguiria direto para o metro.

A maior parte das pessoas vai mil vezes mais ao multibanco do que faz sexo ao longo da vida. Que mundo é este, onde se consome mais do que se fode?

Eram 20h23 quando sentei-me na carruagem e pus o coração ao colo. Tirei um minuto para olhar o monstrinho nojento. Por que havia de calhar-me um coração daquele tamanho que não era capaz de domar?!? Por que não conseguia fazer daquele músculo um ser independente e tranquilo? Por que não conseguia superar aquele cheiro obstinado a mofo que emergia sem interrupção das memórias? Nem uma das minhas aurículas me obedecia.

Olhei em volta. As carruagens do metro estavam relativamente vazias. Raro. Naquela linha existiam cada vez menos carruagens, nunca percebi se por uma medida antiausteritária extra, fazer as pessoas correrem mais — aumento da produtividade —, ou para as fazer estar cada vez mais coladas umas às outras — menor gasto em aquecimento. Não sabia, mas não era impossível.

Intangível a lógica iluminada do capitalismo.

O ritmo cardíaco aumentara de novo e parecia estar a cerca de cento e setenta batimentos por minuto. A dor de cabeça permanecia morna, mas custava-me cada vez mais respirar e pensar. Mais do que isso, e teria de ir ao hospital. Um pouco antes, quando atravessava a rua, um carro passara a centímetros de mim, quase senti o raspão. A milímetros de distância. Milímetros. Em pânico, puxei pela aorta num ápice e isso tinha sido provavelmente a gota de água. Cinco minutos antes, podia ter morrido. Conheço este coração o suficiente para saber quais os seus limites, e esse extremo estava a aproximar-se a passos largos.

Merda.

Tudo isto era diabolicamente semelhante a outro sonho que tenho frequentemente. A veia cava rompe-se, porque passa-lhe um carro em cima quando estou a atravessar uma rua, eu não noto, deixo o coração atrás e perco-o. Nesse sonho, dar-me-ia jeito o gancho japonês. Acordo a arfar, e faço sempre a mesma coisa a seguir. Repito baixinho uma lengalenga, como se fosse canção de ninar.

— A proteção da veia cava não pode romper-se ou quebrar, é feita para isso mesmo, não te preocupes. Nem a da aorta. Todos os sistemas de vasos que saem e chegam a ti estão protegidos contra todos os riscos, inclusive de mim — digo pausadamente, e depois faço-lhe festas até voltar a adormecer.

Na carruagem, as pessoas estavam boquiabertas a olhar para o meu saco que pulsava, nada a que não estivesse habituada. Ponderei a hipótese do saco não ser transparente, mas a médica aconselhou-me a não o fazer. Não ser percetível que o saco era um coração tornaria arrastá-lo infinitamente mais perigoso. Procurei lembrar-me de mais um medo que tivesse superado, os que me poderiam salvar. O de dizer que era feminista, talvez.

Aconteceu num jantar em casa de um casal de amigas. Estávamos à volta da mesa, quando o Joaquim — que não se sabe porque toda a gente chamava Frasco —, um homem que conhecia mal e com quem tinha estado talvez umas três vezes, afirmou subitamente:

— É como aquelas feministas impossíveis de aturar!

Fez-se silêncio. Muitas das pessoas que ali estavam conheciam-me bem e sabiam que era feminista. Nessa altura, apenas em situações profissionais adequadas, ou junto das pessoas que conhecia bem, assumia ser feminista. Evito o mais possível parecer implicativa, mais ainda num encontro de gente que quero bem, não quero ser eu a estragar a noite a ninguém, muito menos desagradar. Geralmente consigo circundar este assunto delicado, de uma forma digna da melhor diplomacia. Mas por alguma razão, naquele dia, pensei:

— Basta.

De facto, é preciso paciência de santa para ser chamada de todos os nomes — mal fodida, mal parida, extremista, feminazi[5], mal humorada, *men hater*, impossível de aturar, etc. — e ficar calada. Torna-se ainda mais difícil porque a maioria das pessoas sequer se dá ao trabalho de ir ao dicionário e investigar o que quer dizer a palavra. Parece-me suficiente esforço o caminho que continuo a fazer para ir destruindo o machismo na minha própria cabeça. Então eu, nem santa nem puta, embora ligeiramente mais puta que santa, disse:

— Olha, e tu conheces alguma feminista?

Silêncio.

— Nop — respondeu o Frasco, surpreendido.

— Ah.... Sabes, é que eu sou feminista — disse.

— A sério?... Ups! Desculpa! Não me referia a ti, claro. Eram as outras — exclamou Frasco rapidamente.

— Ah... as outras que não conheces, claro — concluí.

Há feministas más e feministas boas. Há feministas mazinhas e feministas boazinhas. Há feministas mazonas e feministas boazonas. E há muitas que não são uma coisa nem outra. O mais provável é que

[5] Feminazi. Outro termo muito disseminado que carece de explicação cabal. Fica o comentário de Patrícia Sornosa: "Parece-me estúpido usar o termo feminazi. Qual é o holocausto feminazi? Homens terem de engomar as suas próprias camisas?"

tal categorização — boa/má — nada tenha a ver com ser feminista em si[6].

O silêncio instalou-se novamente em torno da mesa. Parecia existir expetativa sobre o que eu iria dizer a seguir, mas eu não disse mais nada. Meia hora depois, interrompendo de súbito uma conversa que não tinha nada a ver com esse assunto, disse Frasco:

— Também as feministas, isso tens de admitir, não têm sentido de humor... — e ao dizer isto fixou-me com ar provocador.

— Já pensaste na possibilidade de seres tu quem não tem piada? — perguntei, olhando para ele a sorrir.

A conversa ficou por ali. Curiosamente, nunca tinha passado pela cabeça do Frasco tal possibilidade. Lembrar-me daquele momento, em que ter medo de dizer que era feminista desapareceu, faz-me sempre sorrir. O coração, talvez por isso, abrandou um pouco, para cento e cinquenta, não mais. Felizmente, como tinha entrado na primeira estação, faltava ainda meia hora de viagem.

Ainda tinha tempo.

Na carruagem, o número de pessoas boquiabertas era cada vez maior. As minhas analepses não mudavam a realidade à minha volta, e os olhos focados no meu músculo descontrolado eram não só mais, como cada vez menos subtis. Uma mulher, na cadeira ao lado, olhava-me embasbacada, de boca aberta, como quem se preparava para atirar um amendoim para uma aberração num circo. Tinha o rosto bovino encharcado de suor, que limpava regularmente com um lenço. Devolvi o olhar, ainda hesitei, mas a seguir levantei-me e disse, num volume que se pôde ouvir na carruagem inteira:

— É só um coração grande, porra!

Depois olhei a toda a volta devagar, fixando cada rosto. A rapariga em frente fingia escrever uma mensagem, o homem na

---

[6] Preconceito: sub. masc. Ideia ou conceito formado antecipadamente e sem fundamento sério ou imparcial. Um dos seus efeitos mais viscerais é tornar uma pessoa incapaz de distinguir a variedade que existe dentro de um grupo. Sinónimo: Cegueira seletiva.

cadeira ao lado desatou a jogar no iPhone, o resto das pessoas encontrou algo profundamente fascinante para observar no chão. Voltei a sentar-me e senti que o ritmo do coração diminuiu um pouco. Finalmente. Imaginei, para distrair-me, uma rede tentacular a infiltrar-se crânios dentro e a levar as pessoas da carruagem, uma por uma, para gastar o salário no centro comercial mais próximo.

Foi Francis quem me ajudou a resolver esse medo em particular, o de sentir-me observada e falar em público. Era um homem de uma alegria juvenil, apesar dos seus sessenta anos. Uma vez, fiz um mapa de todos os meus amores e Francis tinha sido aquele onde, procurando responder à pergunta "o que gostaria que tivesse sido diferente?" respondi: "Não ter sentido tanta saudade", o que também podia ter sido colocado nas coisas boas, o outro lado do mapa. Sobre ter pânico em falar em público, perguntou-me:

— Já experimentaste pensar ao contrário, Alice? Em como és alguém que gosta de comunicar, e que falar em público é uma oportunidade disso mesmo? De pensar no prazer que isso te provoca, em como passa depressa, ou como aquilo que fica quando terminas é uma sensação de força?

Toda a gente padece do subterrâneo mal de não ver em espelho, invertendo.

Como se aplicava tão bem esta pergunta a todo aquele meu dia. Não só porque o coração acelerava exatamente da mesma maneira quando falava em público — um dia antes começava a taquicardia, a que depressa somava-se o suor nas mãos —, mas porque era pertinente aquele virar do medo. Virar ao contrário o que estava a acontecer. Enfim... se fosse assim tão simples. Às vezes, os melhores conselhos são os mais difíceis de seguir.

— Ou simplesmente não os consigo cumprir — disse baixinho.

Se amássemos para dentro, ou só de nós para nós, seria tudo infinitamente mais fácil.

A lista dos medos que ultrapassei não estava a resolver realmente nada, reviver os que não ultrapassei menos ainda. Embora já não a cento e setenta, continuava a bombear como um louco, o meu coração de papoila intoxicada. Cento e quarenta, talvez.

Peguei no telemóvel, olhei de novo para a mensagem de Fran e li as letrinhas a luzir no ecrã: "Cheguei ontem. Saudade de ti. Tens vontade de jantar depois de amanhã?". Sorri e olhei em volta, toda poesia mental e romance, novamente pronta para receber e devolver a beleza do mundo, quando entrou na carruagem, em plena azáfama, uma dúzia de turistas.

— Mignooooooooooooooooooon!!!!

Consumiremos todas as ruas de todas as cidades.

O grupo não olhava para mim, não via ninguém. As cidades estão repletas de corpos invisíveis flutuando num mar de *souvenirs* (e eu distraio-me tanto, perdão).

Já não tenho medo de ser invisível ou de falar em público, mas tenho pavor de ser ignorada, como bem assinalei nas duas listas e importa lembrar. Sendo dois medos que parecem semelhantes, na verdade são profundamente distintos. Um medo numa lista, o outro na outra. Ao longo do tempo, fui compreendendo que ser invisível é uma construção social mercenária que se alimenta da História de lateralização e apagamento das visões, dos corpos e das lutas das pessoas apagadas. Ser invisível é mal coletivo do des-privilégio. É uma das falhas da História. Muito simplesmente, a invisibilidade não me produz medo. Já ignorarem-me, coloca-me frente a todas as dúvidas, num chão permanentemente escorregadio. Vários mataram, muitas vezes, o amor que sentia, e deprimiram a estima que sinto por mim com um eterno silêncio. Lido mal com o silêncio. Reduzo-me ao tamanho de uma sombra.

Face à ausência de resposta, em vez de afastar-me, guardo dentro de mim a escuridão, finjo que não a vejo, e progressivamente transformo-me numa árvore dobrada, num quarto de teto baixo, exatamente como no meu sonho.

Exagerada, teimosa, impaciente, obsessiva, e como se torna cada vez mais óbvio, contraditória.

Cada vez que não respondem morres um pouco, insistindo depois em encontrar nas cinzas alguma poética.

Entretanto, as pessoas à volta pareciam ter-se esquecido de mim. É algo que também conheço bem. Deixo-me ficar quieta e passado algum tempo já ninguém me vê. Pude voltar ao bafio do passado, mais uma vez. Revi imagens desfocadas de uma oficina que tinha dado com Francesco, alguns anos antes, e de um momento em que comecei a sentir-me desaparecer, como se gradualmente me diluísse.

— Olha! Estás a pisar-me o coração — disse-lhe.

— Hã?!?

— O sapato. Estás a pisar-me o coração.

— Oh! Perdão. Não o vi.

E assim ficou. Eu também sei mergulhar no silêncio.

Os silêncios são as térmitas que roem os encantadores ossos do amor, devagar como uma oração. Primeiro os alicerces, depois as paredes, depois as janelas, por fim as asas.

O metro parou numa estação que acedia a um centro comercial e a carruagem ficou subitamente vazia. A mulher de cara bovina quase se esqueceu de sair, e o homem à sua frente, sempre agarrado ao saco de compras, fechou os olhos por um segundo. Eu também. Novamente e outra vez, fecho os olhos. Que faço senão isso? Que faço se não fechar os olhos ao presente à procura de esperança nas memórias? Estava a duas estações do fim... Que fazer?

Já não havia tempo.

O plano de encontrar o lugar onde tinham nascido todos os medos, e depois os ir apagando um a um talvez fosse bom, mas já não havia tempo. O tempo acabara. Quero engolir menos ar, mas só consigo ser sôfrega. Peguei no leitor de MP3 e selecionei a música mais tranquila que tinha. Uma música da Hiromi Uehara, *Place to be*. Reparei, como pequena ironia do universo, que a música antes na lista era a Inquietação, de José Mário Branco. Nem pensar. Pus os auscultadores nos ouvidos e comecei a usar as respirações do ioga, profundas e lentas, pelo nariz, derradeira tentativa de melhorar a situação.

Enche coração. Esvazia coração. Enche coração. Esvazia coração. Enche. Esvazia. Enche. Esvazia.

A sensação que tinha era de estar a cerca de cento e vinte pulsações por minuto. Demasiado. Noventa é o mínimo para não se notar que algo não está bem.

Por dia, o coração de uma pessoa adulta bate cerca de cem mil vezes. O coração de alguém que vive cerca de oitenta anos bate, durante toda a vida, mais de três bilhões de vezes. A não ser que tenha amado muito e muitas vezes, o que pode significar um número bastante mais elevado, da ordem dos cinco bilhões.

O metro chegou à estação final. Saí e fiquei parada a meio da plataforma, sem saber o que fazer. Estava sem forças. Se calhar era melhor voltar para trás, mandar uma mensagem a Fran, dizer que tinha sucedido um imprevisto.

Ouvi alguém chamar-me:

— Menina!! Menina!

Virei-me e vi uma mulher a apontar para o chão. Apontava um rasto de sangue atrás de mim. O saco devia ter-se rompido e ferido o coração. As minhas pernas começaram a tremer, e mal consegui dar os passos necessários para chegar até ao banco mais próximo e sentar-me. Na garganta, o ar tornava-se líquido. Suspirei profundamente, e peguei no monstrinho ao colo. Começou a juntar-se uma pequena multidão à minha volta.

— Precisa de ajuda, menina?

Consegui, a custo, recuperar a voz:

— Não, obrigada. Isto é normal, não se preocupem, já estou habituada — disse, como quem fala uma verdade a mentir.

A seguir sorri, e agradeci com ar tranquilo, tentando que aquela gente se afastasse rapidamente.

— Não há problema nenhum, quem tem um coração assim já está habituada — voltei a sorrir, desta vez com ar cúmplice.

— Pois... — disse alguém, com uma voz que soava entre o nojo e a comiseração —, uma coisa assim deve ser difícil de carregar.

O grupo foi-se afastando devagar, algumas pessoas ainda olharam para trás uma ou duas vezes, no entanto, alguns minutos depois, já estava sozinha e pude deixar as sobrancelhas franzidas traírem-me o terror descompassado. Abri a boca, suspirei alto e engoli sôfrega um gole de ar.

— Que raio se passou?!?

Abri devagarinho o zíper do saco para espreitar. Havia algum sangue, que começava a coagular, ele continuava enorme, louco e descompassado, mas a ferida era mínima. Devia ter acontecido quando o puxei com força para não ser atropelada, provavelmente rasgara um pouco da superfície do pericárdio nessa altura. É uma zona muito irrigada, e qualquer feridazita faz correr rios de sangue. Tirei-o e observei-o com atenção. Não parecia ter sido atingida nenhuma veia ou artéria importante. Fui buscar à mochila as luvas assépticas, o desinfetante e os pensos embebidos de solução anti-inflamatória, e limpei-o o mais cuidadosamente possível, tendo em conta a precariedade das condições. Não estava ninguém na estação, mas em breve outro metro ia chegar, convinha ser rápida. A respiração não me contendia apenas com os nervos, estava a fazer-me sentir tonta e incapaz de continuar. A dor de cabeça tornara-se lancinante, e eu estava cada vez mais semelhante a um trapo. O melhor a fazer era passar pelas urgências, mas o problema que realmente me preocupava era outro.

Lanço-me mais uma vez contra o escuro que tantas vezes já me engoliu?

Há momentos de hesitação que definem o longo caminho que teremos de seguir. Há quem lhe chame destino, universo, outras e outros acaso. Sou pessoa que insiste, já expliquei. Que não desiste. Tenho um coração rijo, e além disso não gosto de mentir. Tinha dito a Fran que ia, poupei o dinheiro suficiente para o jantar, não ia voltar atrás, seria muito desagradável, mais ainda porque teria de explicar a razão para não poder ir. Terá sido isso que me impediu de fugir. Mas algo tinha de ser feito.

Acabei de limpá-lo, olhei para aquele punho pulsante, aos saltos para lugar nenhum, passei uma gaze na parte de dentro e na abertura do saco cuidadosamente, voltei a devolvê-lo ao seu interior e decidi abrandá-lo à força. Pu-lo à frente da cara e disse-lhe, com a voz baixa e dura:

— Olha que não deve ser difícil magoar um coração ridículo assim. Colocá-lo frente à dor de que não é possível escapar. É isso que queres?

Funcionou. O coração encolheu até voltar à sua dimensão normal, por um segundo até pareceu reduzir-se ao volume de um punho como outro qualquer, depois começou a bater timidamente, como quem anda pé ante pé pela casa. Como um gigante mirrado e pálido, normalizou.

Podes sempre paralisar um coração de medo, nem que seja com uma bofetada. Muitas e muitas histórias e estruturas sabem domar à normalidade todos os seres estranhos e órgãos desobedientes.

Como pode observar-se, o processo foi longo, mas chegou a algum lado. Pelo menos, não ficou a meio do caminho. Os métodos violentos às vezes são necessários, repeti, procurando convencer-me que fizera o mais acertado. Era insuportável continuar a caminhar acabrunhada por um coração turbulento.

Levantei-me e afastei-me devagar da plataforma. Nas escadas rolantes, olhei para trás, hesitando sobre avisar algum funcionário do sangue no chão, mas este já secava. Em breve não seria mais do que uma mancha acastanhada qualquer. Peguei na agenda e revi as indicações para chegar até ao restaurante. 20h55.

Chegaria, pontualmente, às nove. Chegaria a tempo.

Quando entrei no restaurante, levava o coração a oitenta batimentos por segundo, como qualquer pessoa normal. Demos um abraço algo tímido e ele perguntou logo:

— E este coração raro, como vai? — disse Fran, a sorrir.

— Bem — respondi.

E sorri também. Passou-se tudo muito civilizadamente, abraços, conversas de circunstância e outras delicadezas.

O coração não se vê em lado nenhum, as máscaras estão todas no seu lugar, está tudo muito ordeiro.

Havia um grupo grande para celebrar o retorno de Fran, que apresentou-me a todas as pessoas.

— Esta é Alice.

Não foi difícil integrar-me. Toda a gente queria saber da viagem dele, lhe perguntava como tinha sido, o que tinha gostado mais, o que fora mais difícil, se pensava voltar. Jantámos sushi, bebemos vinho branco. O *gourmet* da pequena burguesia é internacional. O coração mantinha-se tranquilo, pé ante pé. Respirava devagar, não suspirava, não piava, não falava alto. Algures, reparei que Fran tirava os óculos quando queria ver melhor, quando corava ou queria pensar. Que falava muito e sem parar para disfarçar o nervoso, ou que ficava calado porque parecia pensar três vezes, antes de dizer qualquer coisa. Contraditório. Tinha os olhos enormes sob os óculos, falava sempre baixo e com um leve sotaque do norte, onde cresceu. Não parava de viajar desde os dezoito anos, já o fazia há décadas. Dois anos antes, tinha conseguido um contrato com uma revista de viagens que lhe garantia alguma estabilidade na vida ambulante. Estava a gostar de ver, de deixar-me estar, de ser a pessoa que fica sentada na festa, à espera, sem procurar ninguém.

Ao longo do jantar fui deixando a tensão sair, os músculos do rosto distendendo-se um a um, até recuperarem. Achava todos os gestos que ele fazia de uma beleza singular, logo a seguir nem tanto. Num momento pensava na raridade da sua beleza, no seguinte em como escorregava no tique de explicar professoralmente como funcionava o mundo. Quando este pensamento me atravessou, a meio do jantar, voltei a ter um *flashback,* pela primeira vez desde que tinha chegado ali. Uma reunião longa, eu já farta de ouvir uns tipos a explicar-me tudo sobre o trabalho — que eu fazia há anos e eles há dois dias —, como se tivessem descoberto o Santo Graal, mas pacientemente continuava a ouvi-los, afinal tinham acabado de chegar ao grupo e eu não gosto de desmobilizar, menos ainda de ser desagradável. A memória passou rápido, voltei à realidade e percebi que o grupo estava a discutir onde iria a seguir. Fran parecia procurar nos meus olhos uma resposta, e eu correspondi:

— Realmente ouvir música agora era delicioso — disse alto.

Partimos dali para um bar no centro que antes tinha sido uma fábrica, junto à zona portuária. Fran, numa tentativa cavalheiresca, perguntou se podia carregar-me o coração pelas longas escadas acima. Não consegui deixar de sorrir.

— Obrigada — respondi — eu própria o levo.

O bar era bonito. As paredes escuras estavam cobertas por centenas de cartazes, muitas histórias envolvidas em longas noites de baile e frenesim. Entrámos numa das salas mais vazias, onde havia uma mesa com espaço suficiente para nós. Um dos amigos de Fran, Carlos, começou a contar histórias das aventuras a bordo dos aviões onde trabalhava. Fazia exclusivamente viagens de longo curso, e as peripécias de passageiros e passageiras em pânico, com ideias excêntricas, desejos impossíveis e perguntas inconcebíveis pareciam ser a forma de superar o crescente nojo de passar demasiado tempo em aviões sobrelotados, que atravessam o mundo sem realmente parar em lugar nenhum.

A meio da noite, fui à casa de banho ver como estava o curativo. Abri devagar o zíper e coloquei o coração a bater em cima da bancada, frente ao espelho. Quando comecei a retirar o penso, entraram duas raparigas. Horrorizadas, deixaram-se ficar atrás de mim. Não conseguiam proferir uma palavra. Hesitei, mas depois disse:

— Cardiomegalia — sorri e encolhi os ombros — há centenas de milhares de pessoas no mundo com o mesmo problemita.

Elas sorriram, tentaram simular alguma compreensão e acabaram por afastar-se. Procurei ter muito cuidado ao tirar o penso, fazê-lo naquelas condições, sobre o balcão de mármore de uma casa de banho de um bar, não era definitivamente o mais indicado. Observei com atenção a ferida. Não parecia estar pior, mas também não parecia ter melhorado muito. Voltei a colocar mais solução antisséptica e mudei o adesivo. Quando fechei o saco e voltei-me para sair, as raparigas, que tinham voltado a colocar-se atrás de mim, correram para a porta como se fugissem de uma fantasma. Vi-as a seguir, encostadas ao bar, cada uma com um *shot* na mão.

Voltei para a mesa, pousei a mochila e decidi ir até à varanda respirar. Havia um balcão com uma vista imensa sobre o rio, particularmente largo naquela zona. Não fora um dia nada fácil, precisava respirar. Fran seguiu-me e falamos coisas absurdas, intensas e inteiras, durante algum tempo. A seguir, juntámo-nos ao grupo, como quem não sabia bem o que fazer com toda aquela intimidade. Percebi que ele devia notar que eu estava estranha e esforcei-me, ainda mais, para parecer natural. O coração entretanto voltou a acelerar um pouco, mas ainda permanecia suportável. Nos bares tenho sempre dupla atenção, é perigoso e a partir de certa hora ninguém repara num coração no chão, de maneira que me dediquei compenetradamente à tarefa de ter atenção, também porque funcionava como uma boa desculpa para o meu alheamento e desconforto, que ia e voltava. Tinha tanta vontade de agradar, de que tudo fosse perfeito. Insistia em pensar que só isso poderia confirmar a possibilidade de amor. A perfeição. Mas nada estava a ser perfeito. Nada. Amor é quando tudo é harmonioso, logo tudo fazia para harmonizar. Lembro-me sempre do autocolante da Sarah Kay, da minha coleção de menina, que dizia: "Cabeça na lua, parece que se flutua? É o amor." Sim, eu aprendi muitas coisas em muitos livros para raparigas.

Amar é um lugar perfeito, mais perfeito que o paraíso (escrevo e dou uma gargalhada, desculpem).

Os livros, tal como os medos e as memórias, não saíam de mim.

Há, na pequena circulação sanguínea, um vaso paralelo onde se vão acumulando todos os temores. Dizem os livros antigos que só é possível esvaziar esse vaso quando se vomita. Dizem também que uma das maneiras de vomitar é furar, a outra buscar, buscar, buscar. A última hipótese é arrancar o coração à dentada até encontrar o vaso.

Veio-me à memória uma frase, escutada algures: "Será que vou continuar eternamente com os mesmos medos e os mesmos cálculos?"[7] Encarei-me de frente, por uns segundos, e compreendi finalmente como os meus ataques de pânico com encontros não tinham começado naquele dia, nem sequer por aquela aceleração irremediável. Tinham acontecido vários outros antes, com outras formas. Frente a frente com a vida, perguntava-me:

— Que tenho eu para dar?

E logo a mim própria respondia:

— Nada — e isso assustava-me ao extremo.

[7] Franz Xavier Kroetz, na peça *Alta Áustria*, 1972.

Os ataques aconteciam cada vez que alguém se aproximava um pouco mais.

Eu sei, como imagino toda a gente saber, que o grande medo que partilho com a maioria da humanidade é o medo de não ser amada. Amado. Segue empatado com o medo de amar. Contradições. Convenhamos, como amar num mundo fossilizado num romantismo que não parece ajustar-se ao coração da maioria? Como amar mais e melhor e inventar um amor que nem começámos a fantasiar? Como integrar as falhas e as feridas num coração turbulento? Como ser feliz com o coração mergulhado ora no prazer egótico do sofrimento, ora nas fugas? Só sabemos amar assim? Como esquecer todos os gestos errados, as dores, os pânicos, as lágrimas, as piores decisões irrevogáveis e cíclicas? Aos vinte, aos quarenta, aos cinquenta. Não são borboletas, é desconforto, pânico e fome.

Somos círculos bailando pelo mundo com os pés tortos das melhores bailarinas.

Eu não iria conseguir mais do que identificar as contaminações que me afastaram da pureza inicial.

Qual pureza inicial?!? Como podem amar as mulheres se são, na maioria, homens que decidem quando começa e termina o amor e qual o valor da palavra e do silêncio? Como superar a idealização perversa de que amor é coisa de mulheres, quando elas quase nada definiram do pesado legado romântico que as remeteu para o silêncio eterno das musas? Se o seu desejo deve, diz-se, formular-se no silêncio sinuoso da manipulação? Como pode respirar livremente um coração se músculos patriarcais e proprietários são guias da humanidade? Como podem amar os homens armados em cavaleiros, quando nunca subiram em cima de um cavalo? Como podem amar os homens, condicionados desde a mais tenra infância para não sentir? Como podem homens amar livremente homens, e mulheres amar livremente mulheres, se em tanto sítio está escrito que tal é uma aberração? E se alguém não se sentir homem nem mulher? Que modelo romântico é este, Vénus? Onde está a pureza inicial?

(Não sei responder-te. Nem sei se é exatamente assim. Porque o amor acontece, mesmo que enformado por esse vaso. Diz tão bem, a Anne Sexton: "Como já foi dito:/ O amor e a tosse não podem ser disfarçados. Nem mesmo uma pequena tosse./ Nem mesmo um pequeno amor.")

O certo é que o meu coração desconfia muito, assusta-se muito, arrasta-se obeso, e naquele dia fora eu própria quem lhe dera uma bofetada para o calar. Tantas e tão importantes perguntas morreriam na praia? A respiração começou novamente a fazer barulho, mas continuei a olhar para trás tentando desta vez atravessar a cortina de fumo. O eco, que me perseguia desde a saída do trabalho, começava a penetrar-me, não conseguia mais evitá-lo. Neste início de século, temperaturas cada vez mais altas, vamos ver finalmente todo o icebergue? Como é que, violência após violência, grito após grito, silêncio após silêncio, engano após engano, morte após morte, chantagem emocional após chantagem emocional, ainda pode acreditar-se no amor? Como, se temos um problema tão fundo de térmitas nos alicerces, e nós, pessoas de todos os géneros, sem suficiente apneia?

Tenho, afinal, tanto medo que recuso-me aceitar evidências. Talvez as tenha compreendido, mas no que diz respeito à minha vida, não as pratico. Não coerentemente. Mas não é assim tantas vezes a teorização? Desadequada à vida? Impraticável? Feita uma pergunta, logo outras se seguiram. Como reerguer-me de todas as histórias que me agrediram até me esgotarem, se aquelas eram as minhas grandes histórias de amor? Não tenho outras, e as que ainda há por lembrar têm todas o mesmo guião circular de espanto, prazer, acomodação, adaptação, deceção, raiva e por fim dor. À minha volta, esse é o guião mais frequente das histórias que escuto.

Sabia também que para manter-me a buscar amor, breve ou longo, teria de ceder a um papel que já não suportava performar. O de tentar suavemente integrar a minha liberdade nos outros com pezinhos de lã. A minha solução, fraca e instável, mas minha, fora construir inconsciente e meticulosamente duas vidas. O que se tornava cada vez mais claro é que esta vida dupla não conseguia transportar-me — sequer brevemente — ao lugar primordial que desejo, o lugar onde poderia existir sem medo.

Não interessava. Não interessa. Continuemos a falar bravamente de amor, sem idealizações nem fatalismos, e incluamos na língua as palavras políticas que até agora evitámos. Miúdo avanço, mas avanço.

Saravá.

O mundo ser um lugar onde sexo é pecado e valor de mercado, amor estereótipo de sucesso à venda na bolsa, nas magazines, nas telenovelas, e a violência nos casais um persistente lugar comum, parece garantir que as raízes dos medos sejam intermináveis e a perversão, lei. Nunca conseguirei chegar a lugar nenhum nesta busca dos medos. Eu, uma pessoa só, contra séculos e sistemas? Puxar, puxar, puxar. Pensar, lembrar, horas em esgotantes analepses para nada.

— Porque raio não consigo deixar de pensar nisto?!? — disse, para dentro, não fosse alguém ouvir-me.

Entretanto, no bar, o tempo passava devagar. Carlos tinha deixado de contar histórias e gradualmente fora Fran quem começara a partilhar detalhes do Tibete, usando às vezes algumas expressões que pareciam-me o olhar do grande branco que percorre o mundo para o iluminar, a que tentei não dar demasiada importância. A cortina de fumo, afáveis neurónios com memória de submissão, agradece a um homem cada gesto de igualdade e procura relevar cada movimento machista, racista ou burguês, desde que subtil. Sabia que se começasse por ser muito exigente nunca entraria no reino dos beijinhos e que o politiquês não era arma de sedução convincente. Se a "relação" avançasse de alguma maneira, poderia então ir falando com calma sobre aquilo, sem desagradar, o que não valia a pena era afastá-lo de súbito com o meu excesso de opiniões políticas.

— Pezinhos de lã, pézinhos de lã, pezinhos de lã — repeti.

Na verdade, o medo de dizer o que penso se calhar deveria estar na outra lista, a que ficou na mercearia.

Não comento.

Naquele momento, o segurança do bar aproximou-se da mesa e pediu para falar comigo em particular. Levantei-me e Fran seguiu-me. Atrás do homem, estavam as duas raparigas que tinha visto na casa de banho, acompanhadas de dois homens, a observar atentamente o que se passava.

— Desculpe minha senhora, mas vou ter de pedir-lhe que saia logo que possível. Acredite, não é pela gerência, contudo recebemos uma queixa de um grupo de clientes, que afirmam ser muito desconfortável estar num bar onde há um coração à solta na casa de banho.

Olhei para ele, siderada.

— Perdão?

— Sabe, gostamos de manter um bom ambiente... e esse seu músculo de fora não é muito fácil de conviver. Causa alguma repulsa, entende? Talvez se o metesse para dentro da mochila...

Em épocas medievais, uma horda estaria à minha volta a pedir fogueira. Neste século de luzes, tudo se passa mais civilizadamente.

Clean, always clean. Asséptico.

Fran passou o braço por trás das minhas costas, e sussurrou:

— Vamos embora daqui querida, não vale a pena estares a passar por isto.

Não consegui reagir. Segui-o, e foi ele quem explicou ao grupo o que estava a acontecer. Solidariamente, decidimos ir embora e descemos as escadas num silêncio garatujado a fel.

— Sabes porque é que não posso usar o coração na mochila, não sabes? — Perguntei a Fran.

— Não, mas não tens de explicar, Alice.

— Mas eu quero explicar — insisti. — Se o pusesse dentro da mochila diminuía muito a velocidade de circulação e as artérias e as veias eventualmente colapsavam. Mesmo ao colo, só o posso levar por pouco tempo.

Uns minutos depois, estávamos já a preparar-nos para entrar no carro, senti necessidade de palavras para superar o estupor e decidi que daquela vez ia pô-las para fora. As palavras são o sítio mais perto do corpo e da alma que possuo. Se gosto, se tenho dúvidas, se algo perturba-me, tenho sempre muito para dizer. Com palavras. Embora isso não se coadune com a maioria das místicas, é a minha verdade, não tenho outra. Mas cada vez que me sinto capaz da fala nua uma margem escura sobe-me pelo peito e diz:

— Não sejas pesada!

Que se fodam as margens, as fronteiras e os limites. Depois daquele dia tresloucado e daquela noite turva, esse parecia-me um problema menor. Não podia estar a pensar trezentas vezes cada vez que queria falar sobre emoções com alguém por quem sentisse desejo ou atração. Estava a ganhar coragem de fera, de maneira que olhei Fran sem vírgulas:

— Gostava de falar contigo a sós — disse.

Era o que mais desejava. Ele concordou, despediu-se do grupo e ficámos finalmente sozinhos.

Pensei perguntar-lhe:

— Sabes amar sem doer?

Ele responderia:

— Isso não é possível.

E eu pensaria:

— Mais um sem utopia.

Então afastar-me-ia até nunca mais. Lenta ou abruptamente. Exagerada, teimosa, impaciente, obsessiva, contraditória, insegura, e como já se deve ter percebido, dramática. Tudo porque há lugares onde não quero voltar, sítios onde não quero passar nunca mais, modelos cujas consequências não compreendo completamente, e memórias escuras que engolem-me a naturalidade dos gestos. Passei demasiado tempo a fazer deste coração um ser autónomo para naquele dia descobrir — à medida que se contraía e expandia naquela taquicardia ridícula —, que todas as fendas tinham permanecido incólumes e abriam-se, uma a uma, como fissuras evidentes sobre as costelas.

Fomos caminhando devagar, em direção ao rio. Seguimos pelas ruas, vazias àquela hora, em silêncio, de mãos dadas, observando paredes, casas, e as obras recentes que pareciam querer ligar as pessoas ao estuário através de cimento e praias fluviais de betão.

Não traumatizes também as margens.

É neste momento que esta história de facto acontece, já o dia nascendo pela manhã fria e o vento empurrando a água devagar. Até agora tínhamos permanecido num preâmbulo circular. No meio das palavras, que andavam mudas entre nós, ouvi Fran dizer:

— Tenho medo. Não de ti, mas de estar quieto, ou de ter tempo, ou de viver, ou não sei bem do quê. Por isso viajo tanto.

Vislumbrar outro é o que abre um coração. Simples. É só um segundo de luz indecisa, mas é suficiente para que toda a torrente de gente, milhões de corações aleijados a inspirar e expirar ao som do medo, estarem subitamente a teu lado.

Alto.

Deixei naquele momento de o ouvir e, extraordinário, não chegaríamos a conversar. Mas sinto que foi aquele o momento onde comecei a apagar a lousa negra da lista da mercearia. Mesmo assim, ainda me deixei levar, uma vez mais, só mais uma vez, atrás no tempo, por ora sem controle sobre o que queria ou valia a pena lembrar-me, sugada de novo para o vácuo. Mas não só. Os mais fortes estilhaços, que tão ciosamente guardara em silêncio durante anos, voltaram todos em simultâneo, e já não os pude dominar.

O fim da relação com Francisco, sete anos antes, emergiu dolorosa e subitamente. Revi tudo, começando pelo fim. A compreensão absoluta e pura de que aquele amor acabara e nunca mais voltaria, mesmo que, paradoxalmente, não fosse morrer nunca. Ainda que seco e sem sabor, já fazia de tal modo parte de mim que permaneceria no meu corpo — e no dele —, até ao fim da vida. Desde então, um fantasma controlara os meus batimentos cardíacos e adormecera todos os outros. Aquela taquicardia desvairada tinha sido apenas uma epítome.

Meu coração não se cansa
de ter esperança
de um dia ser tudo o que quer[8].

No dia em que nos separámos passámos a tarde a conversar, jantámos e decidimos ir ouvir um pouco de música. Estávamos os dois num bar pequenino no Bairro Alto, duas ou três mesas num espaço enfezado e sem janelas, quando ouvimos o Caetano dizer:

Eu sei que vou te amar
Por toda a minha vida eu vou te amar

Mal o verso acabou, desatámos a chorar, levantámo-nos e pagámos a conta. A relação entre nós terminou naquele dia, doze anos depois de ter começado, exatamente sete anos antes deste dia convexo que tenho vindo a contar, onde o coração deu um salto de cinco centímetros e acelerou até à exaustão. Ambos aceitámos o fim ao ouvir aqueles versos. São sempre súbitos os des-

[8] Coração vagabundo, canção original.

moronamentos e trazem de volta, sem falha, a desolada solidão e perplexidade do mundo. Francisco pegou no meu coração ao colo e depositou um beijo no músculo húmido antes de afastar-se.

Destruímo-nos metodicamente para nos afastarmos, meu amor. E que bem o fizemos.

Esse foi apenas o fim. Os problemas entre nós já tinham se instalado antes, muito antes, já vinha de longe o silêncio no restaurante angolano.

Todo o amor acaba antes de acabar. O estertor do fim é uma droga dura e longa. Apenas chegada a overdose final que tudo termina, podem nascer outras crisálidas.

Perguntava-me, às vezes: Seria violência Francisco chamar-me burra? Tanto tinha discutido sobre abuso e tantas dúvidas ainda quando do meu corpo se tratava. As minhas histórias, provas evidentes. De violência mesmo, achava, tinha acontecido apenas aquela vez em que ele desatou aos pontapés na parede com tamanha força que os azulejos se partiram, mas não foi diretamente contra mim. Foi contra a parede. Houve também aquela vez em que pegou-me pelo braço como se fosse um saco, e me empurrou até fora da porta para expulsar-me de casa. Ele, que dizia que o meu coração era de loiça. Nessa vez, senti tamanha fúria que desatei aos pontapés na porta, até ele a voltar a abrir.

— Esta casa também é minha! Minha! Minha!!! — Cada vez que dizia "minha", dava outro pontapé na porta e o coração dava um salto no chão.

Francisco até tinha razão, às vezes, dizia a mim mesma nos pensamentos circulares dessa época. Por vezes, era mesmo burra. E se calhar tinha de aceitar a maior responsabilidade em tudo o que era tarefa do lar. Lavar mais a roupa, lembrar-me mais das compras, fazer mais refeições, aspirar muito mais vezes, tudo sempre com o coração atrás a arrastar-se, com ar moído e sorriso ligeiro. Até podia ser uma boa fantasma e só ser plenamente visível no dia de *Halloween*. O amor não é fácil, diz-se. É feito de sofrimento, acrescenta-se. Bravas são as borboletas e os romances. Ao longo do tempo em que vivemos juntos fui sempre tentando ajustar-me às medidas certas, as tais que fariam do amor o lugar sublime que tinha aprendido existir nos contos de fadas, ainda criança. Não seria uma simples cardiomegalia, ou uns quantos espinhos e discussões que me afastariam desse majestoso ideal. Insisto, como sabemos.

Segue sempre ensombrada pelas fadas que nunca voltaram e pelos príncipes que nunca chegaram.

Lembro-me, particularmente, do dia em que ele desapareceu mais uma vez, não atendia o telemóvel e não o conseguia encontrar, apesar de termos um problema urgente para resolver. Poucos anos depois de estarmos juntos, na verdade desde o início, Francisco tinha tornado claro que os seus desejos eram mais importantes que os meus, e quando eu parecia discordar de tamanha evidência desligava, simplesmente. O telemóvel, a atenção, a conversa. As suas histórias eram mais bravas, as suas necessidades mais prementes. Devagar, mas seguramente, instalara-se a compreensão de que ele era o centro e eu um satélite, importante, mas ainda assim um satélite, na vida de ambos. Aos círculos, em redor do centro. Nessa noite, estava deitada no sofá da sala a olhar para o teto, quando ele chegou. Tinha ido ensaiar com a banda.

— Andei à tua procura, sabes? Tentei encontrar-te em todo o lado.

— Sim? — perguntou ele com ar ausente.

— Estamos em cima do prazo da conta da luz e não sei como é que vamos resolver isso.

— Não dava para esperares até eu chegar? És tão impaciente, Lici! Ou podias ter tentado encontrar uma solução sozinha, em vez de complicares e fazeres de tudo um drama.

Engoli em seco.

— Já consegui resolver sabes? Pedi à minha mãe.

— Ótimo. Vou deitar-me, estou cansadíssimo.

Mais uma vez, fui eu quem ficou na sala, sem conseguir adormecer. Eu que o tinha procurado tão afincadamente porque queria deitar-me e achava que tinha o direito de o fazer antes da madrugada. Que aquilo de ser eu quem tinha de lembrar-se da data das contas, além de encontrar a solução para as pagar, era algo que parecia-me profundamente injusto. Tudo isso tinha dito repetidamente entre a raiva, quando o procurava encontrar. No entanto, o que tinha pensado com tanta clareza e coragem no meio da fúria, perdera-se como flor murcha mal ouvira a frase final dele. Percebera também que se insistisse, pelo modo como ele tinha falado e eu estava, seria um *cocktail* explosivo de gritos crescentes que terminariam, mais uma vez, em lágrimas e frustração. Ora, gritar afoga-me. Engolia o tamanho do umbigo dele com placidez, o máximo que conseguia era de vez em quando respingar, quase sempre ao longe e nos círculos férreos do meu pensamento, nunca frente a frente. Quando frente a frente, ganhava sempre a ideia de que poderíamos remendar aquilo e talvez ainda encontrar o lugar perfeito almejado, onde seríamos finalmente felizes.

O número de agressões iguala os atos de amor e depois começa lentamente a ultrapassá-los, mas não se nota.

Chegou a haver momentos em que pensei também haver razão no medo que ele tinha da minha liberdade, já que realmente eu, se fosse mesmo viver de acordo com o tamanho da minha liberdade, seria livre. Como quando tinha onze anos e corria com o coração dentro do corpo. Talvez o maior medo seja o medo de mim própria. Dele, mas também meu. Porque se eu fosse livre, seria um pouco mais difícil de lidar. Iria embora mais vezes, provavelmente. Teria de lidar com meu próprio desaparecimento e com a estupefacção e o desconforto dos outros. Confrontar-

-nos-íamos mais frequentemente e faria claros todos os cantos e iluminações do que pensava. Talvez até dissesse tudo, o tal do medo que percebera não ter afinal superado. Talvez ele também o fizesse e nos conhecêssemos realmente.

— Pensas ser pessoa de bem, igualitária e justa, mas o machismo faz-te crer que és super homem, quando não o és, que controlas os teus sentimentos, o que é impossível, que os teus sonhos são maiores do que os meus, mas não são. E eu não sou feita para servir-te, em nada. Quero que sejas meu companheiro, não meu filho. Andas com pés de barro sobre uma lama que recusas-te a ver — ensaiava frente ao espelho da casa de banho.

Longo e político discurso que ninguém ouviria até ao fim. Por isso, nunca o proferi. O ambiente não seria tão calmo, tão controlado, tão seguro, as amizades perceberiam que não éramos afinal "o" casal perfeito, mesmo que tudo fosse mais transparente.

Não era o meu desejo frustrado de liberdade, no entanto, o que podia justificar o número de pessoas com quem fodi sem dizer-lhe, ou o caso que mantive mais de um ano. Não só nunca disse nada, como me afundei placidamente num mar de condescendência:

— Ele não vai ser capaz de lidar com isto. Não o quero magoar, é melhor não contar — repetia para mim mesma.

Foi Francis o outro. Apareceu como um sopro de ar fresco, inteligente e de sorriso malandro na boca. Parecia chegar do sítio da alegria, o meu sonho maior. A vitalidade foi milagrosa renovação. O meu coração mal cabia no saco. As tantas coisas que me tinham diminuído nos anos anteriores, eu cansada de mim mesma, tantas vezes entediada, a fazer coisas que me sugavam e davam prazer apenas enquanto puzzles e raramente com a força criativa que sonhava como motor da vida, foram-me ocupando até não restar quase nada. Ou seja, os dias eram cheios, transbordantes na verdade, de nada. Vivia em automatismo cardíaco. Francis veio perturbar esse equilíbrio frágil. Tudo adquiriu súbita transparência e pude ver a partir de um ângulo que nunca me tinha ocorrido.

O mundo reabriu planos até então na sombra. Queimava medos com a sua franqueza doce, às vezes eu — oh coisa extraordinária! — nem pensava. Mesmo que ser dúplice fosse perpétua tirania, estar em dois lados ao mesmo tempo e fazer parecer que só estava num esgotante, foram intensos o prazer e a alegria desse ano. Voltava frequentemente a casa e a Francisco com uma beleza que pensava ter já desaparecido. Amei-os aos dois, profundamente. Finalmente percebia qual o sentido de um coração daquele tamanho. A confusão e a clareza pousaram simultaneamente entre os nossos corpos e durante esse período de liberdade — tanto quanto de mentira e covardia —, pudemos beber os mais belos cálices. Organizada, consegui manter as duas histórias completamente separadas e um não sabia da existência do outro, o que era facilitado por Francis viver noutro lugar. À beira rio, voltei finalmente ao tempo onde tudo isto se passou e a partir do qual deixei de reconhecer o tamanho do coração.

Antes do dia, a noite.

Após mais de uma década juntos, eu e Francisco vivíamos de acordo com o reflexo do medo dele em mim e do meu medo nele e, por tal, não dizíamos tudo. Abandonámos, uma a uma, todas as polémicas mais profundas, até só conversarmos sobre assuntos em que, mesmo havendo alguma divergência, nos eram confortáveis. Ou então discutíamos os males do mundo, que são sempre inúmeros. Já se tinham cristalizado as relações de poder e só eram desafiadas às escondidas. Eu tive os meus amantes, ele uma biblioteca porno. Eu não sabia como Francisco se sentia com isso, pois ele sempre se negara a falar sobre "esses assuntos". Além disso, tínhamos pouco tempo e trabalhávamos muito, o que é uma excelente desculpa para a morte do amor no século onde o tempo morreu. Por essa altura, comecei a ocupar-me de despejos e demolições, o que não será um acaso.

Desenvolvi com perícia a franqueza controlada, feita de jeitinho e mansidão. Em relação a Francisco, cheguei ao extremo de duplicidade de afirmar para mim mesma — sem nunca ter-lhe perguntado —, que ele não seria capaz de lidar com tudo o que eu vivia e sentia, e assim mantive-o a conviver com esta forma modelada de não desagradar. O paternalismo é a mais insidiosa das formas de opressão, e naqueles anos transformei-me numa mestre em exercê-lo. Sempre benevolente, mantive os crescentes segredos considerando-me uma fada do lar, uma heroína das relações que nunca terminam. Feliz para sempre, custasse o que custasse.

Um pouco pútrido o longo amor das casas.

Entre nós, só restavam os tais dos assuntos que não nos punham em causa. Todos os da rotina, que são sempre muitos. As compras, a casa, o empréstimo, aquele problema no trabalho, a gata ir ao veterinário. Depois do restaurante angolano, praticamente desisti de tentar. Era sempre tão difícil, complexo, frustrante, como imagino serem as negociações nos corredores da ONU, coincidindo inclusive em significado simbólico. Aparentemente importantes, mas a trazer muito pouco ao desvendar do mundo. Depois, surgiu Francis e pareceu-me que tínhamos novamente uma bolsa de ar para consumir. Uma bolsa que daria para todos. Nesse período, nem me ocorreu separar-me. Francisco tinha uma ligação direta à terra, a mim inacessível, que amava profundamente. Algumas vezes tirei o coração do saco e o deixei-o olhar para ele. Uma vez, de luvas, ele tocou-o devagarinho, com um espanto primitivo nos olhos azuis, o pericárdio a pulsar suavemente nas suas mãos grandes. Esses eram momentos que nenhum futuro nos poderia tirar. Nesse dia ponderei falar, mas tinha medo de perdê-lo se lhe dissesse tudo o que se passava e foi o medo quem venceu.

— Assim — pensava — evitaria o risco da relação acabar.

Podre mundo cujo valor mais elevado do amor é a abnegação, regulado por um bando de homens de bata e cruz que nunca amaram e servem a divina estabilidade da propriedade.

Até que um dia tudo estalou, como seria de esperar. Como o espelho e os sete anos de azar, os dois frente a frente, sem celofane a cobrir-nos. Chorando finalmente, ao ouvir Caetano Veloso. Francisco, fiel por obrigação e por moral até então, começara um caso também ele e não conseguira manter a duplicidade. A paixão por G. tomara-o como um furacão e as emoções, mar escuro que tinha evitado cuidadosamente até então, invadiram todos os lados da casa. Percebi rapidamente o que se passava, disse-lhe, e reabrimos uma esquecida honestidade. Separei-me de Francis, desesperada em manter o barco à tona. Falávamos de liberdade como já não fazíamos há anos, como talvez apenas tivéssemos falado quando nos conhecemos. Sobre a casa, caíam maremotos de confissões a cada dia e uma peculiar transparência parecia possuir-nos. Cada conversa, cada momento de sexo uma cascata libertária que nos parecia irreversível e inexpugnável. O caso acabou dramaticamente. G. engravidou e quis abortar. Assisti às dores dela atravessarem a noite. Francisco tinha a expressão perdida de quem queria poder proteger aquela mulher de tudo o que estava a acontecer, mas não conseguia. Como uma criança frente a um mundo que não conseguia enfrentar, de vez em quando olhava para mim com lágrimas nos olhos, procurando o meu apoio. Respondi oferecendo conforto e compreensão, mas parte de mim morreu ali para os anos que se seguiram. Foi insuportável a dor de assistir a tudo aquilo, sentada no sofá da sala, o coração que mal respirava ao colo, a engolir em seco, com um livro que fingia ler entre as mãos nervosas.

Oh longa noite que chega súbita pelo rio...

Gastei todas aquelas horas — e muitas das que vieram a seguir — a empurrar aquela emoção para dentro, para dentro, sempre mais para dentro. Tão longe que apenas naquele momento a voltei a rever, sentada frente ao rio ao lado de Fran depois do dia diabólico que me empurrara até ali. Quando percebi de que estava a lembrar-me e o que podia novamente emergir suspirei com força. O coração ia enlouquecer outra vez. Curiosamente, não, permaneceu apenas ligeiramente inquieto. O rio também progredia da mesma maneira em direção ao mar, e Fran parecia ter adormecido.

Ela sabe que deixar-se levar pelo universo não basta. Há que compreender o universo também. E compreender o universo é tarefa difícil e interminável.

A noite no apartamento, a noite em que G. abortara, permanecia borrada. À medida que o tempo ia passando, a hemorragia não diminuía e ela estava cada vez mais febril. Às primeiras horas da manhã, começámos a perguntar-nos se aquilo seria normal, eu e Francisco a ler repetidamente a bula dos medicamentos que tínhamos recebido pelo correio. "A dor ser insuportável ou ter febre podem indicar que algo não corre bem". Fomos perguntar a G. se queria ir até ao hospital.

— Não! — respondeu ela de imediato — Ainda me levam presa e a minha família vai ficar a saber... — e desatou a chorar convulsivamente.

— Está bem querida — disse logo — aguardamos mais um pouco a ver como isto progride. Vais ver que melhora — e fui buscar mais panos de água fria.

Entretanto, G. já não conseguia fazer a distância entre a sala e a casa de banho e tinha ultrapassado largamente a dose recomendada de analgésicos. Vomitava continuamente. Duas horas depois, pegámos nela ao colo e acelerámos em direção ao hospital. Eu, Francisco e G. Quando entrámos, fomos recebidos por olhares glaciais, seculares, as enfermeiras com os dentes cerrados cada vez que nos olhavam. Pálida, G. não conseguia mais do que balbuciar algumas palavras. Quando se deitou na maca, disse para Francisco:

— Amo-te tanto... — balbuciou com ar perdido, parecendo entrar a seguir numa espécie de inconsciência.

Passámos dez horas intermináveis nos corredores do hospital, o meu coração ao colo de Francisco, os dois num silêncio estuporado. Entravam e saíam pessoas, mas nós não nos movíamos. De quando em quando, um ia buscar água para o outro. G. sobreviveu, mas nunca mais poderia engravidar. Nunca voltámos a falar sobre isso, eu e Francisco, a relação dele com G. acabou poucas semanas depois, mas abriu uma fenda que não mais voltaria a cicatrizar. As conversas deixaram de ser libertárias e todos os medos voltaram a recuperar insidiosamente o seu lugar. As dúvidas sobre nos separarmos, as caminhadas pelo monte com medo de ficar sozinha foram acontecendo nos meses seguintes, até a música no bar do bairro alto. Uma noite, por essa mesma altura, compreendi a dimensão da minha covardia em tudo o que tinha acontecido, e pensei em saltar da varanda do andar onde estava. Um quinto andar. Eu e o meu coração pelo prédio abaixo. Omitir para esconder é mentir. Mentir muito e por muito tempo é mentir muito e por muito tempo. Não era ele a quem queria proteger, mas a mim mesma e ao meu medo de ficar sozinha. Nessa noite estava feia, estendida na sala, encharcada na culpa, magra e nua, sem nenhuma narrativa que impedisse ver o tamanho da minha falta de coragem. Tirei o coração para fora do saco, pu-lo no meio do chão e fiquei a observá-lo, arranhado e encolhido, a cuspir sangue para a aorta. Pum pum pum pum. Naquele dia, o monstrinho estava amedrontado e hirto, e desde aí nunca mais respirou plenamente. Eu e o meu coração apenas fingimos andar juntos pelo mundo. Mantenho-o encolhido e — insisto em querer convencer-me —, sob perfeito controle do meu equilíbrio racional e emocionalmente inteligente. Tretas. Isso, hoje sei. Tretas. O que posso dizer agora é que aqueles passos cruzados de culpa, medo, insatisfação, morais de merda, falta de franqueza e comodismo fizeram-nos descer até aos infernos para nos conseguirmos arrancar um do outro. Os infernos que até então achava que apenas podiam suceder aos outros. Ou nas telenovelas. Não sabemos amar, e ainda menos separar-nos. Na noite anterior ao quinto andar peguei no coração e disse a Francisco aos gritos:

— Toma-o! É teu! Grelha, frita, faz o que quiseres! — e depois, mais baixo, em tom implorante — Não sei rasgar a minha própria carne.

A canção de Caetano foi o momento em que a separação se tornou clara. Inevitável. A música rompeu o silêncio e a infinita indecisão. Foi também a primeira pista para a liberdade franzina que desde aí não parei de elaborar. Compreendi-o passado não muito tempo e essa compreensão foi também muito pura e muito estrondosa. Estrondosamente, compreendi que sem liberdade morreria. Aprendi a apreciá-la, bem como à solidão. Coloquei-as em primeiro lugar e tornei impossíveis quaisquer relações mais prolongadas ou profundas. Essa tem sido a minha estratégia e se não o fiz conscientemente, o inconsciente e o pânico encarregaram-se de garantir o seu pleno sucesso. O medo a que só agora consigo dar nome é ter a meu lado um filho em vez de um companheiro, ou voltar a mergulhar numa contradição de silêncio e fala que me matará aos poucos. Mas o medo, O Medo, é reencontrar a longa dor. Com o tempo, vou compreendendo as consequências e limitações dessa decisão. Neste dia que venho detalhando, compreendi como o medo podia, inclusive, acelerar-me o batimento cardíaco até ao insuportável.

Portanto, retrocedo a cada possibilidade de voltar a partilhar o coração. Portanto, Fran é uma ameaça às minhas pequenas asas. Está dito.

O óbvio incomoda-te?

Ao mesmo tempo que tudo isto se torna evidente, pode ser também simplista, eu a querer resolver o problema em cinco minutos. Sou uma especialista em fugas para a frente, o que tendo em conta o dia é até compreensível, mas não necessariamente o melhor. As fugas para a frente, sempre tentadoras, não deixam de ser fugas. Enterrar-me na minha própria carne, ou deixá-la exposta aos outros? Pôr-me para dentro, ou experimentar a loucura? Um dia, um só, vou ser completa e absolutamente áspera

— desagradável, bruta, vá! — e mandar à merda todos os homens que me trataram um milímetro menos do que mereço. Escreverei um livro.

Nothing is ever settled until it is settled right, dizia o Kipling.

Que é isso de uma pessoa poder chegar dentro e roubar-me algo que é **meu**? O espaço de liberdade que existe na minha vida é **meu.** O coração é **meu**. (Marco-os a negrito para que possa ver-se como eu o vejo.) Único. Meu, meu, meu, que obsessão. Aparentemente, ter é uma obsessão. Eu, que pensava não me interessar possuir. Possuir. Possuir o quê? O meu próprio coração. Que contra-senso é esse? De novo, os eternos paradoxos. Entre ser invisível e ser ignorada. Entre ser livre e ser só. Entre agradar e dizer o que penso. Entre não ser desejável e parecer fácil. O dia inteiro, em repetição, parecia explodir por todos os lados. Estava ali, quieta a olhar o rio, preparando-me para entreabrir o coração, mas continuava à procura de ressuscitá-lo num lugar qualquer do passado. Num lugar qualquer dos terrores. Tinha andado às voltas com histórias e medos o dia inteiro e não sabia se tinha chegado a algum lugar novo. Talvez nem sequer a boas perguntas. Não sei. Schaiza!

Merda.

— Onde é que está o raio da lista? — pensei, enquanto a procurava na mala.

Ia rasgá-la e fim da história. Procurei pela mala toda, não devia ter procurado bem da primeira vez, mas não estava de facto em lado nenhum. Enquanto estava à procura, reparei que o telemóvel piscava. Uma mensagem nova. "Querida Alice, perdoa esta intromissão. Encontrei a tua lista e depois de a ler muitas vezes, quero dizer-te: Metade dos teus medos são iguais aos meus. Os outros não. Franco." Li a mensagem, incrédula, e mordi os lábios. O coração começou a acelerar novamente, no entanto decidi não me preocupar. A tempestade tinha passado.

— Calma.

Franco tinha encontrado a lista na mercearia. Na mala, tinha apenas a lista dos medos superados, rabiscada nas costas da fatura, cheia de aldrabices e pequenos consolos. Fran tinha acordado e olhava distraído o rio. Uma das coisas que me encantava nele era essa aparente falta de pressa. Estava deitado no banco a olhar para a água, sem nenhuma urgência. Talvez também tivesse receio de conversar. Olhei de novo para ele, e pensei:

— Quais serão as tuas feridas?

Pensei em perguntar, mas não perguntei. Encare-se tudo isto de frente. Aos quarenta anos, uma dezena de cursos, relações e ralações depois, não sei amar nada bem nem mover-me através do incapturável desejo. Isso é que é evidente, já não sei mais o que dizer. Ainda pensei em mostrar-lhe o coração, mas lembrei-me imediatamente que estava com um penso, o melhor era deixar isso para um dia mais tranquilo. Pensei também em contar-lhe como tinha sido o meu dia, contar a história onde tinha acabado de voltar e que me marcara tanto, mas como poderia contar coisas tão escuras se, com bem menos, já me chamavam pesada?

Falta nas escolas a educação para o amor. Assim também essa maleita poderia ser firmemente normalizada, arrumada e disciplinada. Qualquer problema, seria só recorrer a um bom manual.

(Para com o raio do teu sarcasmo.)

Não me conhecendo de outra forma senão como heterossexual, posso até ser mais específica. Não sei amar os homens, ou os homens não sabem amar-me. Fraca generalização sobre milhões de pessoas. Como dividir o mundo assim? O mundo está dividido em dois? O meu corpo não está, mas encolhe e expande ao sabor de outras mãos que não as minhas. Alguém teve a infeliz ideia de acampar, cultivar e marcar fronteiras. Nasceram os minifúndios, depois os países. As casas o primeiro lugar fronteiriço e regulado do mundo, mulheres na cozinha, homens no quintal. Desde aí, uma divisão binária aperta o garrote, e aperta, e aperta, e nós perguntamos:

— O garrote é de água, ou de fibra e metal?

Pois eu gritava-lhes todos os insultos do mundo. A eles, os herdeiros das propriedades, quem escreveu os romances, as peças, registou os contos de fadas e vendeu as suas versões industriais, realizou os filmes e compôs as músicas, século após século. É quem tem nos ombros a responsabilidade da falta de revolta romântica. Esses que conseguem fazer longas locuções sobre o estado intratável do mundo, mas jamais sobre si próprios, burgueses enredados nos seus privilégios, cheios de queixinhas.

Sei também que essa coisa de amar bem e livremente — sim, eu sei que as revistas, nas suas várias versões políticas, são meros cartões postais assassinos —, é uma utopia de rapariga otimista e insistente. O amor é uma ilusão coletiva, uma mansão de orgasmos e desilusões. Vou render-me finalmente à evidência, e deixar de manter esperanças vãs que, ainda por cima, a continuar naquele ritmo, ainda vão matar-me de ataque cardíaco. Aceitarei finalmente, como tanta gente, que sou uma pária do amor e que estou condenada a morrer sem nunca o ter realmente vivido. Evidência, facto.

Na verdade, já o devia saber há muito, pois desde a primeira vez que me apaixonei as coisas correram muito mal. Ainda o ouço, como se fosse hoje:

— Amo-te, mas não te desejo.

E esse foi o princípio deste longo caminho. Tínhamos dezanove anos e uma aguda consciência do corpo, embora muito pouco conhecimento das suas nuances. Ele tinha um olhar de poeta, chamava-se F. Lembro-me inúmeras vezes dos nossos corpos na cama, de não dizer nada e de procurar esperar, tranquilamente, que ele me desejasse. Enquanto isso não chegava, fixava o teto do quarto — era um quarto com uma luz acinzentada, melancólica, que emergia tímida pelas reentrâncias dos estores — e observava a expansão da sombra. Com ele compreendi que uma pessoa podia ter a forma de um poema e ser um túmulo. Compreendi que a beleza pode ser escura, difícil de mergulhar. Que existem túmulos poéticos.

Foi talvez nessa altura que comecei a desenvolver esta relação dual com tudo, onde afirmo constantemente a minha independência ao mundo, a capacidade de lidar com quaisquer circunstâncias — sim, porque tenho sobrevivido e crescido sempre, trabalhado muito, construído coisas, enfrentado desconhecimentos, tomado decisões, organizado problemas —, e simultaneamente ser excessiva na ternura e na paciência. Nunca desagradar, mas nunca mais ser magoada, foi essa a minha conquista. Uma independente terna, encerrada numa gaiola aberta, subjugada a uma razão cuja complexidade não consegue absorver.

Saíste dos medos uma menina disfarçada de mulher.

O que nunca parei de tentar foi ser aquela que tudo compreende, contudo tem uma vida própria, pensando assim poder ser medianamente feliz. Mesmo que nessa felicidade não se inclua todo o jardim das delícias.

Raio de palavra, medianamente.

Sempre que necessário, uso dessa personalidade dupla, de que adquiri tanta experiência em tantas ocasiões. Afinal, como sobreviver a tantas contradições? Como não perder a liberdade num mundo constantemente armadilhado? Fora uma decisão muito razoável, na verdade. Pode até afirmar-se que tenho uma alegria acima da média, logo qual é o problema? E agora, olhando para tudo isso no fim daquele dia de tantos dias, a bem dizer na madrugada de um dia outro, o ser dúplice que sou eu e que se relaciona com outros seres dúplices é talvez o meu lugar no mundo.

Nada mau. Pode levar-se bem uma vida com apenas metade de nós.

Metade é melhor que nada. Raio de palavra, medianamente.

Entre esta arrazoada que só me deixa perguntas, passou-me pela cabeça que o medo de desagradar podia ter-se transformado numa espécie de medo de ser pessoa. De ser completamente pessoa. Sou uma metade-pessoa, ou melhor, uma pessoa-metade. Não sendo péssimo, está longe de ser muito bom.

(Lá está, medianamente, concordo contigo.)

Poderá ter sido com esse primeiro amante, aos dezanove anos, que me dividi em dois para poder amar, mas também pode ter sido antes, no momento em que o vendedor de banda desenhada meteu as mãos peludas entre as minhas pernas. Dividi-me a cada vez que mergulhei em alguém, ou quando alguém mergulhou violentamente em mim. Cada embate reforçou a divisão e o inalcançável. Esta meia laranja foi sendo partida em gomos.

Um dia, disseram-te: "Terás de atravessar o deserto, mas no fim da travessia haverá água de que também poderás beber." E tu acreditaste.

Ali sentada, Fran ainda longe, vi-os todos ao mesmo tempo. Os homens, os amantes, os amores, as mulheres, os agressores, as histórias, a família, a noite, o desejo, os estereótipos, os lugares, a monogamia, a História, as opressões, os não lugares, a política, a poesia, o romance, a Sarah Kay e toda a espécie de monstros que ensombram os meus sonhos incrédulos de amor e trazem o meu coração nas mãos como uma marioneta. Engolia-os todos, se pudesse, mas infelizmente não os conseguia engolir, nem triturar, nem apagar, nem vomitar. Naquele dia, depois de rever o fio das minha histórias, apenas tanta penumbra. A minha vida, vista assim, neste ângulo apertado, não parece mais que uma longa sucessão de corpos entre o meu — ora brevemente doces, ora amargos — após os quais não resta fulgor romântico algum. O violador, os abusadores, os machistas, os homens vulgares, os misóginos, os meus próprios erros e contra-sensos, e todos os cabrões dos medos juntos vão vencer.

— Já me venceram — pensei.

Reduzi os cadáveres a meros aguilhões, mas como picavam ainda. Tenho vivido com um travão a controlar a velocidade e a intensidade do meu corpo e de todos os movimentos que faço. Um travão que acelera o coração só para o poder parar de medo. Um travão criado a partir do que ainda me põe, ou algures me colocou, de joelhos, daquilo que mantém-me sempre longe de um coração que seja de facto meu. Apesar de ter um coração deste tamanho, ele não é de facto **meu.**

Arranca-o. Ainda tens tempo.

— E quem quereria um coração enorme, ridículo e assustado assim?

Admita-se, há lições que simplesmente não queremos aprender. Erros que cometemos e que por algum tipo de fado ou de reação química incontornável repetiremos ciclicamente a vida toda.

Maktub.

Resta, portanto, aceitar o inevitável. Tocarei o amor de raspão, tão fugaz quanto alegremente, sem desagradar nem ser até ao fim da minha vida. Nunca serei a borboleta que, feliz, deixa-se consumir pelo fogo. Estava decidido. Abri o saco devagar. Lá estava o monstrinho, quieto e surdo. Havia um ruído estranho à volta, semelhante ao fim da emissão da televisão nos anos setenta, cheia de mosquinhas pretas e brancas. Nenhum dos pontos era cinza. O amanhecer completava-se lentamente. Pessoas começavam a passar, o barulho dos carros aumentava, alguns pescadores faziam-se ao rio com canas de pesca na mão.

O amor é importante, porra!

(É. Mas há muitas formas de amor, querida.)

Lembrei-me do meu mito urbano favorito.

Havia uma menina, cardiomegálica como eu, que era vista várias vezes à noite, sempre no mesmo lugar e na mesma estrada, a pedir boleia. Um dia, alguém parou e convidou-a a entrar. A menina disse chamar-se Júlia e precisar de boleia para a sua casa, no sítio X. A pessoa deixou-a lá. No dia seguinte, reparou que a menina tinha deixado um casaco no carro e voltou à casa para o devolver. Quando bateu à porta, atendeu-a uma mulher. Quando lhe perguntou pela Júlia, a mulher ficou surpreendida:

— A Júlia morreu há dois anos...

Sentia-me exausta e entretanto já eram seis horas da manhã. Olhei para Fran, ainda deitado a olhar para o céu, melancólica estátua que tanto tinha provocado e agora parecia nem existir. Senti o cansaço invadir-me. Não sabia qual seriam os medos dele. Estava centrada em mim e assim estivera desde que saíra do trabalho. O medo dele poderia ter a ver com performar sexualmente ou conseguir não ter medo nunca. O que é que ele tinha tentado dizer-me? Que atravessava o mundo na ilusão de que numa dessas viagens tudo se desvendaria, e faria sentido, e nenhum medo implantado em si lhe inibiria toda a sua envergadura. Tê-la-ia alguma vez encontrado, a resposta a essa pergunta tão circular? Tinha muitas vezes me pensado nele antes, mas sempre tão absorvida em imaginar como agradá-lo que isso, de modo perverso, inibiu-me de vê-lo. Vê-lo, de facto. Como pessoa, não como super homem. Deixar de idealizar, como uma personagem da Bianca e da Sabrina. Como era possível, tanto caminho depois, isso ainda ser verdade?

Os medos dele seriam talvez todo um outro livro, povoado de guerreiros e dragões.

gosto do circular
do mundo
meu amor

Voltou-me à memória o medo de ser invisível, onde parecia enfrentar a água tal como ela corria, com consciência de onde nascia, algures na montanha, e o medo de ser ignorada, onde construí um muro para tapar a água com as mãos. A resposta estaria algures por aí. Ver a teia, saber das raízes, encontrar espaços entre os fios, deixar-se voar.

Vim a nadar no escuro, vaga atrás de vaga. Nem pressentia as vagas que se aproximavam pois estava imersa nelas, procurando perceber os subtis movimentos deste inflacionado e turvo oceano. Espreitei de novo para dentro do saco. O coração parecia dormir. Talvez sonhasse. Senti que não havia mais nada a dizer. Teria de ser noutro dia, falar com Fran. Falar, de facto. Naquele dia, não apetecia despir-me sem ter ficado nua.

Todas estas histórias contei-me naquele dia, tal como fui contando aqui. Para que não se tornem um túmulo.

E eu contei-vos. Já está.

(Ok. Como quiseres.)

Gosto mais de sementes do que de túmulos. Da putrefação, primeiro a morte, mas logo a vida. Gosto de pensar que se consigo contar é porque já não me pesam, passaram a ser células iguais a tantas outras. Sou a mesma, as mesmas memórias, mas já não me guiam os medos que emanavam delas, pois aquele foi o dia em que compreendi que o medo não me protegia de nada. Perguntei-me:

— E então?

Respondi-me:

— Nada. Percebi que estive a morar numa casa de fantasmas. Imagino que renascer seja algo que demore.

Pela última vez, olhei o rio e Fran. Decidi que não era uma boa ideia atirar para cima dele tantas tragédias e histórias vulgares de desencontros e violências. Queria resgatar a minha esperança, não destruir a de ninguém. Ou talvez ele não me interessasse tanto assim. Vi um táxi aproximar-se.

— Olha, tenho de ir trabalhar. Falamos um dia destes, pode ser? Queres ir dar um passeio comigo para a semana? — perguntei.

— Sim — respondeu Fran a sorrir.

Demos um abraço apertado, entrei no táxi e disse antes de fechar a porta:

— Até já.

Um passo à frente, dois atrás para refletir.

Encostei-me no banco e pus o coração ao colo. Queria tomar ainda um duche antes do trabalho. Ia só passar numa loja e comprar uma moldura para pendurar a lista dos medos na parede do quarto, com as devidas correções. Peguei no telemóvel e reli a mensagem de Franco. Antes, ia passar na mercearia para buscar a lista e agradecer a sua mensagem bonita.

Ainda tenho tempo.

Judite Canha Fernandes

nasceu no Funchal em 1971 e aos oito anos foi viver para os Açores. Neste momento, reside em Lisboa. É doutorada em Ciência da Informação, licenciada em Ciências do Meio Aquático e pós-graduada em Biblioteca e Arquivo. Entre 2011 e 2016, foi representante da Europa no Comité Internacional da Marcha Mundial das Mulheres entre 2011 e 2016. Em 2015, deixou o percurso profissional anterior para dedicar-se à escrita, desejo que vinha a adiar desde a infância. Publicou poesia, ficção (romance e conto) e teatro. O seu romance de estreia *Um passo para sul* (Gradiva, 2019, 2020) foi Prémio Agustina Bessa Luís em 2018, Menção Honrosa no Prémio Literário Dias de Melo em 2018, foi nomeado para melhor livro de ficção narrativa em 2019 pela Sociedade Portuguesa de Autores, foi semifinalista do Prémio Oceanos em 2020 e faz parte do Plano Nacional de Leitura 2020-2027. Entre outros prémios e menções do Júri, O livro de poesia *o mais difícil do capitalismo é encontrar o sítio onde pôr as bombas* (Urutau, 2017, 2021) foi semifinalista no Prémio Oceanos em 2018, o conto *A que horas bate?* e a novela *A Lista da Mercearia* foram menção honrosa no Prémio Literário Ferreira de Castro, em 2018 e 2021. Participou em múltiplos Festivais Artísticos, nacionais e internacionais, foi bolseira DGLAB para ficção em 2020, e Júri no Festival de Poesia de Lisboa, em 2021. Recebeu a Bolsa Camões Berlim em 2021. Textos seus, em criação ou co-criação, estiveram em cena na Casa da Música, Fábrica das Artes — Centro Cultural de Belém, A Comuna — Teatro de Pesquisa, Teatro Dona Maria II, Arquipélago — Centro de Artes Contemporâneas, Teatro Municipal de Bragança, entre outros. Publicada em diversas antologias, e em revistas literárias no Brasil, Itália, Espanha e Portugal, tem poesia traduzida em Espanhol, Francês, Italiano e Inglês.